ZORAÏDE

OU

ANNALES D'UN VILLAGE.

TRADUIT DE L'ANGLOIS.

TOME SECOND.

ZORAIDE

OU

ANNALES D'UN VILLAGE,

TRADUIT DE L'ANGLÔIS.

Combien éclôt-il de rofes que nous n'appercevons pas ;
& dont le parfum s'exhale dans le vuide des airs ?

TOME SECOND.

A LONDRES,

Et fe trouve à PARIS,

Chez BUISSON, Libraire, rue des Poitevins,
à l'Hôtel de Mefgrigny. N°. 13.

1787.

ZORAÏDE

OU

ANNALES D'UN VILLAGE.

CHAPITRE XV.

Complot.

A peine Swinborne eut-il pris congé de Lord Drew, qu'il pensa profondément au pas dans lequel il s'engageoit.

Il étoit évident par la conduite de Mylord, que la possession seule de la jeune Indienne pouvoit le satisfaire. Ce fait posé, il ne s'agissoit plus que d'aviser aux moyens d'effectuer ce grand Ouvrage.

Tome II.   A

Avant de développer fon plan, il eft
néceffaire que le Lecteur fache que
Swinborne, uniforme dans fa conduite,
avoit rempli avec infidélité fa miffion
à Londres; qu'ayant été reçu très-froi-
dement par Miftriss Quinbrook, &
foigneufement évité par le Capitaine
Mims, il avoit donné à fes imperti-
nentes fuppofitions l'autorité d'une infor-
mation régulière, & les avoit rappor-
tées à fon jeune protecteur telles qu'il
les avoit conçues avant fon départ.
Au refte il lui étoit égal de dire vrai ou
faux, & il ne s'inquiétoit guere de ce
qui pourroit réfulter de fon rapport,
attendu que Miftriss Quinbrook devant
féjourner deux mois à Londres, il fe flattoit d'avoir terminé cette odieufe affaire
long-tems avant que fon retour put dé-
ranger fes mefures ou confondre fon
impofture. Avant ce tems-là, difoit-il,
l'avanturière ne fera plus fi fière de fa
vertu.

Quelque criminel que fut Swinborne, il ne pouvoit se passer de l'assistance de quelqu'un qui le fût plus que lui. Il s'adressa en conséquence à un de ses amis, que les dissipations & les vices avoient privé de perspective plus étendue, & réduit à un état équivalent à l'indigence ; de sorte qu'il étoit toujours disposé à prêter son ministère à quiconque attachoit un prix à ses services, quelque bas , quelqu'atroces qu'ils pussent être.

Ces dignes confédérés prirent la chose en considération, & délibérèrent long-tems , sans pouvoir s'arrêter à aucun plan dont ils purent se promettre du succès. Zoraïde , sous la protection du Docteur Withers , étoit presqu'aussi sûre que sous la sauve-garde du Ciel. L'hermite , la fermiere , l'honnête Marthe , étoient autant d'Argus incorruptibles. A considérer la chose sous son vrai point de vue, disoit Swinborne

que peut-il donc arriver de fi fâcheux
à cette avanturière, fi nous réuffiffons
dans notre entreprife ? Elle eft fous la
protection d'un Capitaine , nous la
mettrons fous celle d'un Lord ; je ne
vois qu'à gagner au change. Qu'eft-ce
que c'eft que le commandant d'un vaiffeau des Indes , près d'un Seigneur
riche , généreux , qui, éperduement
amoureux d'elle , préviendra tous fes
défirs , la comblera de préfens , l'intro-
duira dans le monde , lui en fera partager les plaifirs , la tirera de cette obf-
curité , de cette retraite fombre où
elle eft enfevelie vivante ? A tout prendre c'eft de fon bien que nous nous
occupons , autant que de la fantaifie
de Lord Drew ; ainfi il n'y a point de
fcrupule raifonnable à fe faire , & nous
pouvons marcher tête levée. A mon
avis , j'ai déjà fait le plus difficile ,
qui étoit d'empêcher que Mylord ne
gâtât la befogne par fa préfence ; je

l'ai confiné chez fon oncle, où il reftera, jufqu'à ce que la petite foit mife à la raifon ; lorfque les larmes, les déclamations de la colère, les clameurs de la vertu auront eu alternativement leur tour, alors il fera tems qu'il paroiffe. Ecoutez donc le refte de mon plan, cher ami : je voudrois trouver une maifon ifolée. — J'ai votre affaire, s'écria l'autre ; je connois une maifon parfaitement fituée à cinq milles environ de la ferme, au bout d'une ruelle peu fréquentée ; je crois qu'en pareil cas la proximité doit être comptée pour beaucoup, parce que moins nous l'éloignerons de fa réfidence actuelle, moins elle fera inquiete ou foupçonneufe. Cette maifon eft maintenant occupée par un homme fourd, & une femme prefqu'aveugle, couple aimant probablement le prochain, mais trèscertainement la bierre forte. Vous concevez que nous aurons peu de peine à enivrer de pareilles gens. Si nous n'en avions pas davantage à conduire votre aventuriere fous leur toît, nous en ferions à peu près ce que nous voudrions, & cela fans crainte d'être découverts, ee qui eft un grand point, M. le Recteur.

La propofition ayant été reçue avec applaudiffement ; M. Walton, (c'étoit le nom de l'ami) fe chargea de voir dès le lendemain le vieux couple, & d'en obtenir la difpofition des appartemens d'en haut, pour une femaine, moyennant une gratification féduifante.

Laiffons le couple fcélérat préparer fes manœuvres.

Avant d'aller plus loin, il faut favoir que cette honnête Marthe, dont les intentions étoient fi bonnes, étoit au fond la caufe de toutes ces machinations, & des effets cruels qui pouvoient en réfulter, puifque c'étoit elle qui avoit empêché que Swinborne ne rapportât de Londres des informations plus exactés que celles qu'il avoit prétendu rapporter. Si tôt qu'elle eut appris que le Recteur étoit parti pour la Capitale, elle courut chez M. Crosby, & l'informant de cette circonflance, elle l'affura que ce voyage ne pouvoit être entrepris que dans des vues finiftres ; elle s'étendit avec tant de chaleur fur ce fujet, qu'elle fit adopter à l'hermite fes allarmes & fes preffentimens, & le détermina à écrire à Miftriss Quinbrook une lettre qui la mit fur fes gardes, & ne prépara pas une réception favorable à Swinborne.

C'eft ainfi que, faute de pouvoir prévoir les conféquences des mefures les plus fages en apparence, nous créons fouvent le mal où nous cherchions le bien. Le complot dont on vient de lire les détails préliminaires, n'eût jamais eu lieu, fi Swinborne eût été admis par les feules perfonnes qui pouvoient lui donner des informations

exactes fur le compte de la jeune étran-
gere. Si il eût appris d'elles ce qu'étoit
en effet Zoraïde , il n'eſt pas probable
qu'il eût oſé ſe faire un jeu de ſa ſituation & de ſa vertu.

· Mais n'ayant rien pu tirer de ſatis-
faiſant ni de Miſtriss Quinbrook ni du
Capitaine Mims , il raiſonna ainſi :
Ces gens-là ſont les ſeuls en Angleterre qui connoiſſent cette fille ; Si ils
avoient quelque choſe de bon à en dire ,
ils s'empreſſeroient de le publier autant
pour leur honneur que pour le ſien ;
leur ſilence & leur réſerve ſont une
preuve déciſive de la vérité de mes
conjectures. Encouragé par ces raiſon-
nemens à pouſſer ſon entrepriſe, Swinborne continua d'en concerter ſecrète-
ment la marche avec Walton , évitant
ſoigneuſement que Marthe qui rodoit
par-tout, ne s'apperçût de leurs confé-
rences. Il ſavoit combien elle lui vouloit de mal , combien ſes yeux étoient

aux aguets, & fixés fur lui; & cette circonftance étoit caufe que Walton faifoit un détour de quatre milles, chaque fois qu'il venoit prendre des inftructions dans les environs de Place Neard.

Toutes les difpofitions étant faites, & la chaife de pofte étant commandée à Plymouth, il ne reftoit plus qu'à trouver quelque meffager impudent qui, accoutumé à mentir du ton de la vérité, voulût porter à la ferme le meffage qui devoit en tirer Zoraïde, & la mettre en leur poffeffion. Ils favoient que le moyen le plus fûr & le plus prompt d'allarmer la jeune perfonne, de lui faire perdre la tête, & de précipiter fes pas, étoit de là faire trembler pour les jours de fon cher Docteur Withers; mais pour que ce ftratagême pût réuffir, il falloit que les circonftances concouruffent à donner de la probabilité au rapport du danger pré-

A v

tendu. Deux jours s'écoulèrent fans que les circonſtances fuſſent favorables ; mais le troiſième, lorſqu'on ſe fut aſſuré que le Docteur étoit ſorti, que Miſtriss Léland & la fidelle Marthe étoient dans un verger à quelque diſtance, le meſſager arriva à la porte avec la chaiſe, & demanda à parler à la jeune Demoiſelle. Quelque domeſtique de la ferme l'ayant introduit près de Zoraïde, il lui dit que le Docteur venoit de faire une chûte de cheval en ſe rendant à Pleſcow, petit village adjacent ; qu'il la ſupplioit de venir le trouver, afin de concerter avec elle la manière la plus convenable d'annoncer cet accident à ſa femme. — Zoraïde ſaiſie d'effroi, dans la première véhémence du chagrin, fit vingt queſtions différentes au meſſager, & conclut des réponſes qu'elle en reçut, que ſon reſpectable ami n'avoit que quelques heures à vivre. Emue juſqu'au fond de l'ame, elle alloit s'élancer dans la chaiſe,

lorfque le poftillon lui dit que la cheville d'une des roues venoit de fe fauf-
fer, & qu'à moins de courir le rifque
de verfer, il ne pouvoit fe mettre en
marche avant de l'avoir raccommodée.
— Le meffager à la torture, lui ordonna d'aller, obfervant que le trajet
étoit fi court, qu'il n'y avoit rien à
craindre ; mais comme le poftillon n'é-
toit pas dans le fecret, il étoit naturel
qu'il n'eût rien de plus preffant à confulter que la fûreté des perfonnes qu'il
avoit à conduire ; il ne fit donc aucune
attention aux clameurs du meffager,
& defcendant à la cuifine de la ferme
avec fon marteau & fa cheville, il fit
rougir la derniere, la redreffa de fon
mieux, le tout fans fe preffer, & du
plus grand fang froid poffible ; remon-
tant enfuite auffi tranquillement, après
avoir remis les chofes en état, il dit
qu'il étoit prêt à marcher.

Zoraïde alloit, pour la feconde fois,

fe précipiter dans la voiture , lorfque
Miftriss Léland furvint, fuivie de Marthe qui l'avoit aidée à cueillir quelques
fruits. La fermiere à la vue de la chaife,
& du défordre apparent dans lequel
elle retrouvoit Zoraïde , demanda ce
qui étoit arrivé ; & apprenant l'accident
fuppofé qui donnoit lieu à cette fcène ,
elle en fut fi faifie, qu'elle laiffa tomber
tout le fruit qu'elle venoit de cueillir
avec tant de foin ; courant enfuite vers
la grande cour de la ferme , elle donna
l'allarme aux valets, leur ordonna de
quitter leurs ouvrages , & de la fuivre
pour contribuer de leur mieux aux fecours qui feroient jugés néceffaires.
C'eft l'ami de l'humanité, difoit-elle ,
qui fe trouve en danger , portons-lui
nos fecours , & fi malheureufement
ils étoient inutiles , donnons du moins
au cher Doĉteur la confolation de mourir dans les bras de fes amis. En ter-
minant cette pathétique harangue, Mif-

triss Léland s'élança dans la chaife,
appellant à hauts cris la fidelle Marthe,
& déclarant qu'elles accompagneroient
l'une & l'autre Mademoifelle Zoraïde,
& partageroient avec elle la fatisfaction
de rendre les derniers devoirs au refpectable Docteur Withers.

On conçoit mieux qu'il n'eft poffible
de décrire l'étonnement & l'embarras
du meffager chargé de conduire l'expé-
dition. Comme on n'avoit pas prévu un
obftacle de cette nature, on ne lui avoit
pas donné d'inftructions relatives à la
circonftance. Les gens qui l'employoient
avoient penfé qu'au feul nom du Docteur
Withers, Zoraïde auroit pris fon parti,
fans réfléchir, fans confulter perfonne,
& fe feroit laiffée conduire par-tout où
ils auroient jugé à propos. L'accident de
la cheville étoit à cent lieues de leurs
calculs. — Le meffager ne manquoit
pas d'efprit ; fentant que fi ces trois
femmes s'obftinoient à faire le trajet

enfemble , on lui reprocheroit d'en amener deux de trop ; il fit tout ce qu'il put pour diffuader la fermiere d'accompagner Zoraïde ; — le Docteur, lui dit-il , n'a demandé à voir que cette jeune perfonne ; fi vous arrivez en fi grand nombre , il eft à craindre que cela ne produife un mauvais effet. Dans l'état où il eft , un rien peut caufer une révolution dangereufe ; je crois qu'il feroit plus prudent d'attendre de fes nouvelles. Je lui dirai que vous defirez lui témoigner votre zèle , & je reviendrai pour vous faire part de fon état & de fes intentions. — Bonnes hiftoires à conter à d'autres , s'écria Miftriss Léland. — Oh ! que nani. Il ne fera pas dit que le bon Docteur Withers a fait le grand voyage fans favoir combien il étoit aimé. Marthe peut refter au logis fi elle eft affez fimple pour vous croire ; quant à Miftriss Leland, plus fort qu'elle fera celui qui

l'empêchera de monter dans la chaise.
Indépendamment de ce que j'puis rendre
service au bon Docteur, Je n'veux pas
laisser cette chere belle enfant à elle-
même. Elle a beau avoir l'air déterminé
dans ce moment-ci, vous n'aurez pas
fait quatre tours de roue qu'elle va vous
tomber en foiblesse, & puis comment
la f'rez-vous revenir ? ce sont bien les
hommes, ma foi, qui s'entendent à
ces choses-là !

Ici le messager commença à sentir
la délicatesse de sa situation, & se promit bien, en lui-même, de ne plus se
charger de pareille commission, si il
avoit le bonheur d'échapper au mauvais
pas où il se trouvoit engagé. Il se figu-
roit déjà six vigoureux valets, se re-
layant pour le plonger dans l'abreuvoir,
(1) & l'y replonger vingt fois.

(1) Espèce de châtiment infligé d'une ma-
niere privée, dans le cas où il n'y a pas de
plainte formelle à porter devant le juge.

Il n'étoit pas poſſible de faire revenir Miſtriss Léland de l'opiniâtreté qu'elle avoit annoncée en débutant ; elle s'étoit emparée de Zoraïde , avoit paſſé ſes bras autour de ſon cou , & déclaré qu'elle ne feroit pas un pas ſans elle ; de ſorte que le meſſager déterminé à prendre la jeune & la vieille , puiſqu'il ne pouvoit emmener l'une ſans l'autre , avoit déjà dit à l'oreille du poſtillon , d'aller ventre à terre , lorſque Miſtriss Léland inquiète de cet air myſtérieux , s'avança entre les deux hommes , & leur dit : — Eh bien , qu'avez-vous à chuchoter entre vous , dites-nous tout d'un coup le pire ? Si le Docteur eſt mort , il n'a plus beſoin de nous ; s'il eſt en vie , nous irons le joindre ; ainſi , point d'équivoque , parlez comme des gens de cœur , vous ſavez à préſent à quoi vous en tenir. Irons-nous , n'irons-nous pas ? vlà mon dernier mot.

En prononçant ce dernier mot , afin

d'affurer fa place , elle s'élança dans
la voiture, Zoraïde la fuivit , & le meffager fautant en troifieme , ordonna au
poftillon de marcher. — Où allons-
nous, dit ce dernier? — Imbécile,
s'écria Miftriss Léland , ne favez-vous
pas que nous allons à Plefcow , où le
pauvre Docteur Withers eft prêt à
rendre l'ame.

Vous vous trompez, Miftriss, répond le poftillon, cela n'eft point dans
mes ordres , je dois prendre la route
d'Exéter , n'eft-il pas vrai ? dit-il au
meffager.

Vas , replique le meffager, & point
de queftions.

Mais , je veux qu'il faffe des queftions , dit Miftriss Léland , & j'y ré-
pondrai. — Voyez donc ces imperti-
nens. — Hola ! Jean , Thomas, Guil-
laume , à moi mes gens ; lâchez les
chiens , arrêtez les chevaux. — Et toi ,
fcélérat , dit-elle au meffager , arrête ,

je te l'ordonne, à ton péril. Si nous n'allons pas tout droit vers le Docteur Withers, qu'on me coupe la tête fi - tu fais un pas de plus. Je te clouerai mort ou vif devant ma porte.

CHAPITRE XVI.

Scène de Confusion.

LA ferme d'Heath se trouva dans un état de confusion inexprimable. Les chevaux ayant pris le mords aux dents, avoient jeté, en partant, le postillon à dix pas, & parcouroient la route de Plimouth avec une rapidité allarmante. Zoraïde tomba dans un état de défaillance, &, comme la bonne fermiere l'avoit prédit, se trouva dans un état d'insensibilité, qui lui déroba la connoissance du danger. Le Héros redoutable de l'aventure se crut perdu sans ressource, & ouvrant la portiere de la chaise, chercha à échapper au double péril qui le menaçoit, celui d'être fracassé par une chûte qui paroissoit inévitable, & celui d'être reconnu pour

l'agent de l'enlèvement. Il feroit difficile de déterminer laquelle de ces deux
caufes de terreur agiffoit plus puiffam-
ment fur fon imagination.

O monftre déguifé fous une forme
humaine, s'écria Miftriss Leland, qui
commençoit à le foupçonner de mauvais deffeins, aurois-tu la lâcheté de
laiffer cette Dame & moi dans une
fituation fi périlleufe, & fi propre à
exciter la compaffion ? En parlant
ainfi, elle le faifit avec force, en difant : — Arrête ! refte avec nous, nous
périrons enfemble, ou nous ferons tous
fauvés. Le bonheur voulut que les traits
caffèrent, les chevaux animés par l'inftinct s'en dégagèrent, & laiffèrent
chaife & voyageurs au milieu de la
route, après les y avoir conduits l'efpace de près d'un mille en très-peu de
minutes.

Le malheureux prifonnier de Miftriss
Léland ne fongeant qu'aux moyens d'é-

chapper, réuffit à baiffer la glace de la
portière. La bonne femme le ferroit
avec tant de force, qu'il ne put, dans
ce moment là, que paffer fa tête;
mais il le fit fi à propos, que, s'écriant
qu'il voyoit arriver une multitude d'hommes ; Miſtriss Léland fut fi tranſportée
de joie, qu'elle lâcha prife. L'homme,
faififfant l'inftant favorable, pouffa la
portière, fauta hois de la chaife, &
s'évadant avec rapidité, prit le chemin
le plus court pour rejoindre ceux qui
l'employoient chez M. Walton. — Rien
de plus vrai, s'écria Miſtriss Léland :
voici nos gens avec leurs fourches, leurs
pieux, & toutes fortes d'armes défen-
fives ; nous fommes en fûreté. Mais,
— ajouta-t-elle, en regardant à fes
côtés, notre lâche compagnon s'eſt
évadé, il a profité du tranſport de ma
joie ; au refte nous pouvons nous paffer
de lui, & du premier moment où nous
l'avons eu avec nous, jufqu'au dernier,

il faut avouer que nous lui avons peu d'obligation.

Cependant Lord Drew cédant à l'agitation de fon efprit, n'avoit pu fe déterminer à attendre l'iffue de l'entreprife de Swinborne. Il avoit quitté Plimouth, & fuivant, tout penfif, la route qui conduifoit au village, il efpéroit, chemin faifant, recevoir quelques nouvelles, lorfqu'il fut tout-à-coup frappé du fpectacle de la chaife, violemment entraînée par les chevaux. Des cris aigus frappèrent en même-temps fon oreille. Emu jufqu'au fond de l'ame, il doubla le pas, dans l'efpoir de porter du fecours. Il arrêta les chevaux, & s'avançant vers la portière, que l'agent de Swinborne avoit laiffée ouverte en s'évadant ; quelle fut fa furprife lorfqu'il vit Miftriss Leland s'élancer dans fes bras en s'écriant : un ami ! un ami ! ô jamais malheureufes créatures n'eurent un befoin fi preffant d'un ami !

la pauvre Demoiſelle eſt partie ; ç'en
eſt fait, elle eſt morte. Lord Drew
reconnoiſſant à l'inſtant Zoraïde, &
glacé d'effroi, ſe dégageant avec préci-
pitation des bras de la fermière, ſauta
dans la voiture, & ſoulevant dans les
ſiens l'objet de ſon inquiétude, tâcha,
par tous les moyens praticables, de la
faire revenir de ſon évanouiſſement ;
les gens de la ferme qu'on avoit découverts au loin, arrivèrent dans ce moment là. Lorſque Miſtriſs Léland, qui
avoit perdu ſon bonnet & ſon chapeau,
s'en vit entourée, elle leur conta une
hiſtoire longue & lamentable, qui les
ſaiſit de ſurpriſe & d'horreur.

Le récit ne fit pas la même impreſſion
ſur Lord Drew, qui, ſachant que cette
ſcène étoit l'ouvrage de Swinborne,
tranſporté d'indignation, formoit ſe-
crètement le vœu de voir arriver le per-
fide pour l'immoler à l'inſtant même,
& venger dans ſon ſang, l'innocente

victime, pour les jours de laquelle il étoit férieufement allarmé.

Au moment même où le bruit de l'accident prétendu arrivé au Docteur Withers s'étoit répandu, Marthe avoit pris la route de Plefcow, dans l'efpoir d'arriver à tems pour rendre quelques fervices. On l'apperçut dans une prairie voifine, épuifée de fatigue, & criant hors d'haleine : — Arrêtez ! arrêtez ! — Affreufe perfidie ! abomination ! Arrêtez, arrêtez vous dis-je. Ces cris aigus portèrent le trouble dans l'ame de Lord Drew ; mais il étoit occupé de Zoraïde ; il la rappelloit à la vie, & il n'eût pas été poffible de diftraire fon attention, fa ferme réfolution étant de ne la pas quitter qu'il ne l'ait vue revenue à elle-même. Ici Miftriss Léland fe rappella qu'elle avoit mis des gouttes dans la poche de la chaife, fur le devant ; elle en informa Milord, & lui laiffa le foin d'en faire ufage. Quant à elle,

elle, fon occupation lui paroiſſoit plus
preſſante : il falloit conter à tous ceux
qui arrivoient la terrible aventure, avec
les effroyables détails du danger qu'elle
avoit couru.

Elle étoit accoutumée aux évanouiſ-
femens de la jeune perſonne, & dans
de pareils momens, l'on ſent qu'une
femme du caractère de Miſtriss Léland,
avoit autre choſe à faire que d'admi-
niſtrer des ſecours. Il falloit d'abord
conter ſon hiſtoire ; ce qu'elle fit,
comme on peut croire, avec beaucoup
de préciſion. Marthe qui brûloit auſſi
de parler, l'interrompoit quelques fois ;
mais elle eut enfin ſon tour. On ſe forma
en cercle autour d'elle : elle commença
& recommença juſqu'à trois fois, étant
obligée de reprendre haleine. Elle conta
avec une volubilité merveilleuſe les prodiges de la matinée ; comme quoi le
Docteur Withers n'avoit pas reçu la
plus légère égratignure, comme quoi

il n'étoit pas même forti de fa maifon ; que perfonne ne connoiffoit l'homme qui avoit eu l'adreffe de les faire fortir de la ferme, qu'on ne conjecturoit pas même le motif de cette fupercherie ; que le Docteur étoit monté à cheval pour aller voir Mademoifelle Zoraïde, mais qu'il avoit précifément pris la route oppofée à celle qu'elle avoit fuivie, & qui l'avoit fi heureufement conduite, elle pauvre Marthe, parmi les gens qu'elle haranguoit.

La belle fcène pour le pinceau d'un Hogarth, que ce grouppe de ruftiques fur le front defquels la furprife & l'effroi s'uniffoient, & étoient plus ou moins expreffifs, de ce que chacun fentoit en ce moment, felon que les traits des différens vifages indiquoient plus ou moins d'intelligence !

Enfin Zoraïde ouvrit fes beaux yeux à la lumière. Infenfible à ce qui lui étoit perfonnellement arrivé, n'en ayant pas même la plus légère idée ; elle ne fut frappée à son espèce de réveil, que du danger dans lequel elle supposoit son cher Docteur Withers ; elle lui donna des larmes de tendresse, & supplia les personnes qui l'environnoient, de la conduire sur le champ à Plescow. — Lord Drew se garda bien de la tirer de son erreur : il regarda ses larmes comme le secours le plus salutaire qu'il fût possible de lui administrer ; il les laissa donc couler, & lorsqu'elle parut être soulagée, & en état d'apprendre sans émotion dangereuse, l'agréable nouvelle qu'on avoit à lui donner, il l'informa du mal-entendu qui avoit pensé lui être si funeste. On lui dit que le Docteur étoit en parfaite santé, & que tout ce qui s'étoit passé, depuis qu'elle avoit quitté la ferme, étoit le résultat d'une méprise. Il finit par proposer aux gens, que cet événement avoit attirés, de reconduire la chaise à la ferme, offrant

de les accompagner à pied; mais quoiqu'ils se chargeassent avec empressement
de cette agréable tâche, ils ne l'accep-
tèrent qu'à condition que Milord mon-
teroit aussi dans la chaise, & s'assoiroit
à côté de Zoraïde. Cet hommage étoit
l'effet du respect que leur inspiroit pour
sa Seigneurie sa liaison avec le Docteur
Withers, & la jeune personne qu'ils ai-
moient & estimoient. Zoraïde pria
Mistriss Léland de monter aussi; mais
elle avoit tant de choses à dire à Marthe, tant de circonstances étranges à
lui communiquer, & tout cela étoit si
pressé, qu'elle préféra de marcher.

Voilà donc Lord Drew tête à tête
avec cette même Zoraïde qu'il s'étoit
flatté d'avoir en sa possession, dans des
circonstances bien différentes. Il eut
toute la peine imaginable à déguiser
son émotion : il essaya de parler, mais
il ne put que balbutier quelques mots.
Pour mettre le comble à son trouble,

Swinborne arriva d'un air lefte & plein d'affurance, fe préfenta à la portiere, & félicita Zoraïde fur le bonheur d'avoir échappé à un danger qu'on lui avoit peint comme imminent. L'excellente fille, bien éloignée de le foupçonner, exprima fa reconnoiffance & fa joie dans les termes les plus animés. Rien n'égale ma bonne fortune, dit-elle ; le Docteur Withers fe porte bien, & de tant d'amis qui fe font empreffés à me fecourir, aucun, grace au Ciel, n'a éprouvé le moindre accident

Lorfqu'on fut arrivé devant la porte de la ferme, Swinborne eut l'impudence d'avancer pour donner la main à Zoraïde ; mais un coup d'œil d'indignation lancé à propos par Lord Drew, traverfa comme un trait de feu l'ame vile du lâche intriguant, qui, déconcerté, & comme écrafé par la foudre, fe retira fans prononcer un mot. Cependant lorfqu'il fe trouva à quelque diftance, rappellant à fon fecours toutes les facultés fubtiles de fon imagination, il finit par fe raffurer; confidéra ce qui venoit de fe paffer comme un orage momentané qui obfcurcit quelques inftans d'un beau jour, & il fe promit bien d'employer tant de foupleffe & tant d'art, qu'il forceroit fa Seigneurie à une réconciliation, dont il lui feroit fentir la néceffité indifpenfable.

Zoraïde accompagnée de Lord Drew, de Miftriss Léland & de Marthe, entra dans fon cabinet de toilette. Il étoit naturel qu'elle fit quelques queftions, mais elle s'avifa d'en faire une bien embarraffante pour Lord Drew. Elle demanda où étoit le jeune homme qui avoit amené la chaife, & on lui conta tous les détails de l'aventure.

CHAPITRE XVII.

Découverte.

LE récit que l'on fit à Zoraïde, la jeta dans une perplexité qu'il feroit difficile d'exprimer. Après une longue paufe : --- Voilà quelque chofe de bien étrange, dit-elle ; un effet très-furprenant, produit fans caufe vifible ! --- Ce ne peut être un voleur, car un voleur fe fût borné à m'enlever ma bourfe. --- Qui donc me veut affez de mal pour me caufer des terreurs fi mortelles ? C'eft ce que je ne puis concevoir, car je n'ai jamais fait de mal à perfonne.

Mais, dit Miftriss Leland, vous êtes fi jolie, fi jeune, n'en eft-ce pas affez pour qu'on vous tende des piéges ? Je ne crois ni aux géants, ni aux nains, ni aux génies dont il eft fait mention dans nos livres de contes, mais je crois aux brigands, tels, par exemple, que

B iv

celui qui . . . . Il ne s'en falloit pas l'é-
paiffeur d'un cheveu qu'il ne vous en-
levât ce matin, & moi *itou*, par pure
pique de ce que je n'avois pas voulu
vous laiffer aller fans moi. Eh ! mon
bon ange gardien ; qui fait, fi les traits
des chevaux n'euffent pas caffé, fi à
l'heure qu'il eft, on ne m'auroit pas
jetée dans quelque noir abîme, ou dans
quelque fournaife bouillante ? Eh bien,
voyez pourtant ; toute cette tragédie
alloit arriver, & pourquoi ? Parce que
j'ai époufé la caufe de l'orpheline & de
la délaiffée.

Ces dernières expreffions firent fondre
Zoraïde en larmes, oubliant où elle
étoit, & devant qui elle parloit. --- O
terre, s'écria-t-elle, reçoi-moi dans
ton fein ; dérobe moi aux regards d'un
monde pervers, d'un monde qui a maf-
facré ma famille, & m'expofe aujour-
d'hui à fes cruelles perfécutions, uniquement parce que j'ai éprouvé de fi

déplorables revers. Lord Drew attendri jufqu'aux larmes , fe précipita à fes pieds. O vous , dit-il , ô vous , la plus excellente des femmes , modérez vos douleurs , calmez vos fens. Quelque civilifée que foit l'Angleterre , des attentats de cette nature n'y font pas fans exemples : ils ne font même que trop fréquents. Oui , le dirai-je , à la honte de mon pays , de l'humanité entière ; il exifte des êtres , qui , fitôt qu'ils découvrent la beauté & l'innocence dénuées de protection , en méditent la ruine ; qui , lorfqu'ils réuffiffent dans leur infâme complot , s'applaudiffent du talent que leur a donné la nature pour abufer & tromper ; s'exercent dans l'art abominable de la féduction , & ne refpirent à leur aife que lorfqu'ils ont , ce qu'ils appèllent conduit à bien leurs machinations infernales , & complètement immolé leurs malheureufes victimes.

. Hélas ! dit Zoraïde, en pouſſant un profond ſoupir, n'eſt il donc point de ſûreté pour ceux qui ſéjournent ſur la terre, en attendant l'éternité ! La ſoif de l'or a converti l'Inde en un théâtre de carnage. Si, en Europe, la jeuneſſe ſans protection, eſt expoſée à ces barbares outrages, ſi les loix y ſont impuiſ-ſantes, où donc faut-il chercher la ſûreté & la paix ?

Nous ne ſommes pas tous des ſcé-lérats, dit Miſtriss Leland ; Dieu pardonne ceux qui le ſont. Mais j'ai ma manière de voir les choſes, & de former mes ſoupçons d'après ce que j'ai vu. Lorſque, par exemple, un homme s'abaiſſe à jouer le rôle d'eſpion, lorſ-qu'il s'aviſe d'aller & de venir, de roder, pour inſinuer des idées déſa-vantageuſes ſur le compte d'une per-ſonne innocente ; lorſqu'il demande à entrer dans l'appartement d'une étran-gère, pour y faire des perquiſitions, y chercher des moyens de fonder des médisances ou des calomnies : alors je dis que. c'est une infamie. Il ne peut y avoir, dans une Nation entière, qu'un seul homme capable d'une pareille infamie. Et voulez-vous connoître la première lettre de son nom, c'est le Recteur Swinborne?

Cette pauvre Miftriss Léland! Elle commettoit là une terrible indiscrétion; mais il faut savoir qu'après les fatigues, les terreurs de la journée, lorsqu'elle étoit rentrée chez elle harassée, & sur tout altérée, elle s'étoit dérobée un inftant à la compagnie, & tirant de la cachette favorite une bouteille d'eau-de-vie, elle avoit oublié de prendre un verre, de sorte qu'elle avoit trouvé expédient de boire au goulot, dérogeant en cette circonftance critique à son ufage journalier. On conçoit donc que n'ayant point de mesure pour régler sa discrétion, elle but plus qu'à

l'ordinàire, & ce petit accident ouvrant
le cadenas de ſes lèvres & de ſon
cœur, lui donna cette mâle hardieſſe,
lorſque l'inſtant d'après elle plaida la
cauſe de l'innocence outrágée. --- Oui,
répéta-t-elle, fixant ſucceſſivement tous
les viſages; oui la premiere lettre de
ſon nom, eſt le Recteur Swinborne.
Ici Lord Drew pâlit juſqu'au bout des
doigts, & Zoraïde rougit juſqu'au blanc
des yeux. --- Le Recteur Swinborne!
dit elle, --- cela n'eſt pas poſſible.
Une pareille action ne peut être que
d'un brigand. Sur quel fondement, ſur
quelle préſomption l'accuſez-vous d'un
trait auſſi atroce? --- Sur quelle préſomption, s'écria Miſtriſs Léland; hé
vraiment ſur ce qu'il vous trouve jolie
comme un ange. Ce ſont là les expreſ-
ſions dont il s'eſt ſervi en me parlant
de vous. Voilà, ma chere créature, ſur
quoi je me fonde. Il a trouvé en vous
une étrangère, & il ſembleroit que les

étrangers doivent être condamnés sans Juges & sans Jurés; de sorte que, loin de penser charitablement de vous, & de vous croire bonne & honnête, il a la noirceur de vous croire méchante & vicieuse. Si vicieuse, --- car enfin pourquoi ménagerois-je les expressions? Si vicieuse, dis-je, qu'il assure que le Capitaine Mims vous entretient, que vous êtes sa maîtresse, & qu'il vous a amenée comme telle de l'Inde, & cela, quoique je lui aie dit & répété cent fois, que vous êtes aussi innocente que l'enfant qui est à peine né.

Je retournerai dans l'Inde, dit Zoraïde, les larmes aux yeux. Je m'embarquerai sur le premier vaisseau qui fera voile pour ces contrées, où l'on se borne du moins à assassiner les individus; on n'y assassine pas les réputations. Là l'on ne soupçonne pas de faire le mal quiconque n'est pas flétri par quelque mauvaise action; là l'on recommande dès la plus tendre enfance une bienveillance générale envers les étrangers. Barbare Angleterre ! Dans mon pays, les gens même que tu nommes fauvages, ont pitié des étrangers, les nourriffent, leur donnent l'afyle, les protègent : Etoit-il donc réfervé aux Européens feuls de perfécuter, de calomnier, de détruire ?

L'indifcrétion de la fermière, & le cruel éclairciffement qui en fut la fuite, jetèrent Lord Drew dans une agitation violente. Les remords s'élevèrent dans fa confcience, une fecrete voix lui dit que le degré de turpitude, qui fuivoit immédiatement la fcéléralleffe, étoit la précaution de la tenir fecrète. Troublé par ce cri intérieur, il fe détermina à confeffer le tout au Docteur Withers. Mais, avant de quitter Zoraïde, il fit près d'elle un dernier effort pour l'engager à fe calmer, & crut ne pouvoir mieux réuffir, qu'en lui difant qu'il

alloit chercher le Docteur, & le lui
amèneroit fur le champ. Cette promeffe
produifît l'effet attendu ; une lueur de
férénité ranima les traits de Zoraïde.
Comme il prenoit congé, jettant par
hafard les yeux fur Miftriss Léland,
remarquant l'état de défordre dans lequel l'avoit jettée la bouteille d'eau-de-
vie, & craignant qu'en fon abfence
elle ne redoublât d'indifcrétion, il lui
propofa adroitement de l'accompagner,
lui donnant à entendre que fa préfence
feroit plaifir au Docteur Withers, &
ajouteroit à la célérité de fa marche. La
bonne fermière fut flatée de la propofition ; elle fentit en ce moment-là de
quelle conféquence elle étoit dans le
monde, de combien de confidération
elle jouiffoit, &, oubliant qu'elle étoit
déjà haraffée de fatigue, elle entreprit
leftement cette nouvelle promenade.
Lord Drew, en fe tranquillifant ainfi
fur les inconvéniens qu'il y auroit eu à

laisser cette femme à la ferme, dans les dispositions où elle étoit, étoit en même-temps bien aise de l'entretenir en particulier, & de tirer d'elle un récit fidelle de toutes les manœuvres employées par Swinborne.

Lorsqu'ils furent à quelques distances de la ferme, à peine Lord Drew l'eût-il mise sur la voie, qu'elle le satisfit en ces termes : --- Swinborne ! Vraiment un joli Monsieur que ce Swinborne. Ah, ah, Milord, je vais vous en dire des nouvelles. Je ne vous ai pas encore conté la moitié de ses tours. Je vous ai donc dit qu'il étoit venu roder à la ferme ; hé bien, il y vint, il y revint encore à plusieurs reprises. --- Dieu le pardonne ; mais avec ses grandes phrases, ses manières polies & tous ses arts de séduction, il réussit si bien à troubler ma pauvre cervelle, que je finis par lui laisser prendre dans l'appartement de Madelle. Zoraïde un

livre écrit à la plume, dont la priva-
tion, je suis perfuadée, feroit mourir
la pauvre jeune créature de douleur,
fi le méchant ne me le rend pas,
comme il me l'a promis, pour que je
le remette à fa place, comme fi de
rien n'étoit. Mais, attendez. --- Je
ments à mon défavantage, quand je
dis que je lui ai laiffé prendre le livre ;
car je me fouviens qu'à fes preffantes
prières, je ne confentis à autre chofe
fi non que je ne fermerois pas à clef
le tiroir dans lequel il étoit dépofé.
Vous voyez donc bien que ce n'étoit
pas lui donner le livre ; & croiriez-
vous ce qui arriva ? Ne voilà-t-il pas
qu'un beau moment que j'étois avec
Marthe dans le jardin, occupée de nos
abeilles & d'autres petites befognes de
ménage, l'efprit malin l'informa de
notre abfence. Il n'y avoit dans la
maifon qu'un petit garçon ignorant &
crédule, qu'il empauma avec un shel-

ling, & un conte qu'il lui fit, & preste!
le voilà glissé dans la chambre ; & zeste
voilà le livre empoché. Savez-vous que
quand j'ai été instruite du méchant tour,
je lui ai dit hardiment à sa face qu'il l'a-
voit volé; oui, volé. Je le lui ai dit en face.

Je vous donne ma parole d'honneur,
dit Lord Drew, qu'il rendra le manuscrit,
& que la restitution sera prompte. Soyez
persuadée que je ferai tout au monde
pour tranquilliser l'ame de Zoraïde.

— Mais , Milord , reprit Mistriss
Léland, auriez-vous cru que ce Recteur
Swinborne fût assez méchant homme
pour aller insinuer du mal sur le compte
d'une étrangère , uniquement parce
qu'elle est étrangère ? Car vous ne savez
pas encore tout. Il ne s'en est pas tenu
à médire d'elle , & de sa prétendue
intrigue avec le Capitaine Mims......

Lord Drew transporté d'indignation,
pénétré du plus profond mépris pour
Swinborne, & singulièrement mécontent

de lui-même, rougiffant de la foibleffe qu'il avoit eue de fe prêter à un complot fondé fur la perfidie & la violence, étoit trop plein de ces fenfations diverfes, pour tenir une conversation fuivie : il marchoit en filence, & fon extérieur déceloit l'agitation de fon ame. - - Mais comme vousvoilà donc, Milord, dit Miftriss Léland, en le tirant de fa rêverie? Eft-ce que Swinborne & toute fa race valent la peine qu'on faffe un pas de travers pour les mettre fur le bon ou le mauvais chemin. Qu'ils aillent au Japon avant qu'ils vous occafionnent la moindre trifteffe.

Elle alloit continuer, lorfqu'à quelque diftance, ils apperçurent le Docteur Withers, fuivi de tout le village, hommes, femmes, enfans, tous pouffant des cris de joie, & remerciant le Ciel de ce que le danger qui les avoit fi cruellement allarmés,

n'étoit qu'imaginaire , ou fondé fur
quelque méprife. Miftriss Léland avoit
la voix forte , elle mêla fes locutions
bruyantes à celles du village entier ,
& eut la fatisfaction de remarquer que
le Docteur les diftinguoit. Il faut dire,
en l'honneur de cette Miftriss Léland,
qu'à fes petits foibles près , c'étoit une
très-digne femme , douée d'un cœur
excellent , ouvert à l'amitié , à la reconnoiffance , plein de zèle & de feu ,
lorfqu'il s'agiffoit d'obliger.

On doubla le pas des deux côtés.
Lord Drew, en abordant le Docteur,
lui demanda des nouvelles de fa goute,
& s'il fe croyoit en état de faire à
pied , avec lui, ce qui reftoit de chemin à faire pour regagner la ferme ;
ajoutant qu'il avoit à lui communiquer
fur le champ quelque chofe de la plus
haute importance ; que d'ailleurs Zoraïde l'attendoit avec impatience.

Le Docteur defcendit à l'inftant de

cheval, & remerciant fa nombreufe
fuite des témoignages d'intérêt & d'affection qu'il en recevoit en cette occafion, il pria quelques uns de ces braves
gens de vouloir bien conduire fon cheval
jufqu'à fa porte, pour rendre compte
à Miftriss Withers de la rencontre qu'il
venoit de faire ; l'informer que tout ce
qui pouvoit l'inquiéter avoit pris la
plus heureufe tournure qu'elle pût défirer; & de finir par lui ramener fon
cheval à la ferme, afin qu'il pût s'en
fervir au befoin lorfqu'il retourneroit
au village.

Ici Lord Drew s'empara du refpectable vieillard, & l'ayant engagé à accepter fon bras, il fit avec lui quelques
pas dans un état d'embarras vifible.
--- En vérité, lui dit-il enfin, je ne
fais comment commencer : j'ai à vous
confier un fecret. --- Mon cher M. ,
j'ai à vous conter une aventure dont
l'incident le plus critique eft. --- enfin

le plus difficile à avouer, c'eſt que je ſuis la cauſe innocente de la malheureuſe équipée qui a fait tant de bruit ce matin. --- Remarquant que le Docteur ſe diſpoſoit à parler. --- Ne m'interrompez pas, continua-t-il, veuilliez bien écouter le récit fidelle des circonſtances; vous prononcerez, vous jugerez enſuite ſous la dictée de votre conſcience : ſi la balance panche contre moi, que votre indulgence fourniſſe le contre-poids.

« Swinborne m'a conduit dans ce
» village, dans l'unique vue de me
» faire voir votre Princeſſe Indienne;
» c'eſt ainſi qu'il a l'impertinence de
» la déſigner. Je me laiſſai conduire;
» je la vis, & je fus touché de ſes
» charmes. Vous avouerai-je que l'hom-
» mage que je parus rendre à votre
» mérite, à celui de Miſtriss Wi-
» thers, ne fut au commencement
» que l'effet d'un calcul intéreſſé; que

» je ne recherchai dans votre char-
» mante société , que le moyen qui
» me parut le plus facile de m'ouvrir
» un accès auprès de la jeune personne.
» --- Mais, ô pouvoir du vrai mérite !
» Miſtriss Withers & vous, ne tardâtes
» pas à partager l'hommage de mes
» affections, & je me vis bientôt au
» point de ne pouvoir diſtinguer la
» nature du besoin qui m'entraînoit
» sous vos toits enchantés.

» Toutes ces idées folles de la jeu-
» neſſe diſſipée, se changèrent en sen-
» timens solides, en révérences sacrées ;
» mon ame s'éleva, & je formai sincè-
» rement le déſir & le vœu de partager
» mon titre & ma fortune avec votre
» charmante protégée. Pouvant diſ-
» poser de l'un & de l'autre, vous me
» direz que je n'avois d'avis à prendre
» que de moi-même ; que le plus court
» étoit de faire directement des pro-
» poſitions honnêtes ; que je n'avois

» befoin ni de guide ni de fecours ; cela
» eft vrai ; mais j'eus la foibleffe de
» m'ouvrir à Swinborne, & le malheu-
» reux eut l'adreffe infernale de me per-
» fuader que je m'aveuglois fur le
» compte de l'étrangère ; qu'elle n'étoit
» rien moins que ce qu'elle paroiffoit
» être. Oui, Monfieur, il eut l'audace
» non-feulement d'infinuer, mais même
» d'affirmer que cette créature célefte
» n'étoit pas ce qu'elle paroiffoit être,
» & que je ne pouvois, fans bleffer
» l'honneur, m'unir à une aventurière,
» qui n'avoit que quelques charmes
» pour tout mérite. Je balançai quel-
» que temps, mais toujours féduit par
» l'extérieur, & brûlant de me pro-
» curer des éclairciffemens, qui peut-
» être euffent favorifé ma paffion ; je
» fis partir Swinborne pour Londres,
» le chargeant de voir Miftriss Quin-
» brook, & d'en tirer toutes les in-
» formations que je la fuppofois en
                                » état

» état de donner. ––– Que la honte
» & le remords le puniffent à jamais de
» fa perfidie ! L'infame revint avec une
» provifion révoltante d'hiftoires con-
» trouvées, de calomnies atroces. A
» l'entendre, l'aimable Zoraïde n'étoit
» qu'une fille achetée par le Capitaine
» Mims, dont elle étoit la propriété
» abfolue ; qu'elle ne vivoit que de fes
» bontés ; que puifque fa poffeffion étoit
» évidemment une affaire de plus ou
» moins d'argent, il feroit d'autant
» plus facile de l'enlever au Capitaine,
» qu'il paroiffoit en être dégoûté ; puif-
» qu'il l'enfeveliffoit ainfi vivante dans
» un village obfcur ; que d'ailleurs, à
» tous égards, il la négligeoit & pa-
» roiffoit être un entreteneur très-
» mefquin. ––– Que vous dirai-je,
» Monfieur, je ne prétends pas ici
» me difculper entièrement ; j'eus cer-
» tainement en cette occafion une foi-
» bleffe impardonnable. Il finit par me

» proposer en termes positifs & di-
» rects, de me mettre en possession de
» Zoraïde, de l'aveu même de la belle,
» si je lui promettois une récompense
» proportionnée au service. ——— Une
» acquisition si desirée, quoique si fa-
» cile, n'étoit pas chose à négliger, &
» je vous laisse penser ce que la tête
» d'un jeune homme devient en pareils
» cas ; ce qu'il ne donneroit pas pour
» s'assurer sa proie. Je tendis la main
» à Swinborne, lui promit une ample
» récompense, & je m'attendois à lui
» voir exécuter quelque tour d'adresse;
» non pas à lui voir commettre un
» acte de brigandage. Cependant je ne
» pouvois me défendre d'une inquié-
» tude secrette, elle m'agita au point
» que je me déterminai à observer les
» démarches de mon agent, afin que
» dans le cas où elles me déplairoient,
» il fût en mon pouvoir de m'opposer
» à tems à l'exécution.

» J'ignore, comme vous, Monfieur,
» quelle eft la nature du complot
» tramé dans fon cœur lâche & endurci;
» mais du moins il eft évident que la
» perfécution & la terreur devoient y
» entrer pour quelque chofe : attentat
» d'autant plus atroce que la confti-
» tution de votre chère malade, & les
» difpofitions actuelles de fon ame ne
» permettent pas même que l'on porte
» la plus légère atteinte à fon repos.
» Malheureufement, je n'étois pas forti
» affez tôt pour la fouftraire au premier
» danger; mais la Providence, en la
» prenant fous fa protection, m'a laiffé
» peu de chofes à faire. Mes fecours
» fe font bornés à la rappeller à l'exif-
» tence, & à la reconduire dans l'afyle
» paifible dont on venoit de la tirer
» par des moyens fi infidieux & fi
» lâches. Vous favez actuellement tout;
» prononcez votre jugement, je n'en
» appellerai pas. Au refte, il faut que

» vous fachiez qu'elle a refufé l'offre
» de ma main; qu'elle m'a avoué elle-
» même que fon cœur fe refufe au fen-
» timent que je défire lui infpirer ; que
» malgré ce refus formel, je fuis dé-
» terminé à perfévérer ; que tant
» qu'elle ne fera pas mariée , je vivrai
» d'efpérance. Lorfqu'elle aura donné
» fa main à un autre , il fera tems de
» me livrer au défefpoir.

　» Milord , dit alors M. Withers ;
» je vous dirai franchement ce que je
» penfe. Vous avez imprudemment
» joué le perfonnage d'un jeune homme
» peu accoutumé à réfléchir. Dans l'ef-
» poir de fatisfaire un défir peu louable
» de fa nature, vous avez déchiré le
» fein de l'innocence. Vous me direz
» que vous n'avez fait en cela que ce
» que vous voyez faire tous les jours
» dans le monde ; ce que font jufqu'à
» nos jeunes payfans , féduits par la
» contagion & la force de l'exemple ,

» qui favent aujourd'hui tromper &
» trahir, auffi bien que nos Seigneurs
» évaporés. Ce feroit une foible excufe
» fi vous perfévériez dans de pareils
» fentimens ; mais vous êtes rentré en
» vous-même ; l'honneur vous a ramené
» fi à propos au cri de l'honnêteté ;
» l'aveu que vous faites de vos écarts
» eft fi plein de candeur ; vous fup-
» portez fi noblement le refus que vous
» avez effuyé, que je vous offre aujour-
« d'hui comme un don volontaire,
» ce que vous aviez obtenu en forme de
» larcin, mon amitié, mon eftime, &
» toute l'affiftance que vous pouvez
» raifonnablement attendre de moi,
» dans le défir que vous paroiffez avoir
» formé d'obtenir, à force de foins,
» de bons procédés & de perfévérance,
» la femme que votre cœur a choifie.
» Je fuis touché des expreffions de
» votre tendreffe, & je vous diftingue
» avec plaifir de ces êtres dangereux,

» célèbres dans les annales de la ga-
» lanterie, qui, pourfuivant avec ar-
» deur la jeuneffe dénuée d'appui & de
» protection, ne s'arrêtent dans leur
» courfe que lorfqu'ils ont détruit
» l'objet de leur pourfuite : ces gens-
» là peuvent proftituer le nom de l'a-
» mour, mais ils n'en ont jamais fenti
» les tendres émotions, ils ne favent
» même pas ce que c'eft qu'inclination.
» Ne tardez pas de me venir voir à
» *place-Neard*. Souvenez-vous que je
» ne vous promets pas d'élever entre
» ma charmante malade, & ce que l'on
» pourroit tenter contre fon repos,
» une barrière fondée fur l'autel de
» l'hymen ; mais je m'engage à en
» élever une infurmontable contre toute
» machination que l'on pourroit mé-
» diter contre elle. Je vous en dirai
» davantage une autre fois ».

En converfant ainfi, Lord Drew &
fon digne ami arrivèrent à la ferme.

Ils furent annoncés à Zoraïde, qui, volant au-devant du Docteur, essaya de pousser de loin un cri de joie; mais il fut étouffé par l'émotion que lui causa tout-à-coup la présence d'un protecteur pour les jours duquel elle avoit frémi quelques heures auparavant. Le Docteur Withers l'ayant calmée de son mieux, ce premier sujet de conversation amena naturellement les détails désolans de l'aventure du matin. Zoraïde, du ton de dignité qui caractérise une ame sûre de sa pureté, se plaignit amèrement de la conduite de Swinborne. Ce qu'il y a d'étonnant, dit-elle, & de révoltant à la fois, c'est que mon sexe qui sembleroit devoir me donner des droits à la protection de l'autre; c'est que ma qualité d'étrangère, qui rendroit ma personne sacrée dans l'Inde, sont précisément le fondement des outrages que j'ai reçus. J'avouerai que j'y suis sensible; que mon indignation est provoquée au

plus haut degré, & que si j'étois homme,
je ne balancerois pas à demander répa-
ration à la pointe de l'épée ; mais pénétrée de tous ces sentimens, hélas,
Monsieur, je ne puis me dissimuler
mon sexe, & je n'ai que des larmes !

Le Docteur Withers la pressant contre
son sein, & lui donnant un baiser
vraiment paternel, employa tout ce
que la raison adoucie par l'aménité,
a de plus fortes armes pour combattre
des maux, qui, dans le fond, ne sont
que d'opinion. Ma chère & jeune amie,
lui dit-il, à Dieu ne plaise que la turpitude d'un seul individu ne trouble la
paix d'une ame ouverte à la vertu. Des
actes de scélératesse, tels que celui
que Swinborne s'est lâchement permis,
retombent sur celui qui les commet.
Les traits envenimés de la calomnie &
de la noirceur reviennent déchirer la
main qui les lance. Il n'est point d'om-
bres qui puissent obscurcir votre mé-

rite ; point de vapeur qui puiſſe affecter votre pureté. Ne penſez plus à ce malheureux, oubliez juſqu'à ſon nom, juſqu'à ſon exiſtence : en lui marquant votre indignation, vous le rendriez inſolent de ſon importance. Le mépris exprimé par votre ſilence le couvrira de confuſion. Je ſuis charmé que dans une occaſion ſi critique, Miſtriss Léland ſe ſoit diſtinguée par une conduite au-deſſus de tout éloge. C'eſt une faveur dont je lui tiendrai compte comme ſi j'en euſſe été perſonnellement l'objet. Quant à l'honnête Marthe, elle me permettra de lui parler un langage plus convenable à ſa ſituation. Ici le Docteur ayant tiré ſa bourſe, la pauvre fille offenſée du ſeul mouvement, porta ſon mouchoir à ſes yeux, qui s'humectèrent à l'inſtant. ——— Il eſt bien dur, dit-elle, que dans ma condition, une pauvre fille ne puiſſe pas faire ce que lui dicte ſon bon cœur, ſans qu'on la soupçonne de bien faire pour gagner de l'argent. C'est bien vrai que je suis pauvre, mais ne puis-je donc pas avoir le cœur aussi bon que ceux qui sont riches ? Tout ce que je fais, c'est que dans une occasion pareille, si l'on m'offroit mille mondes, je n'accepterois pas un shelling.

Zoraïde ayant témoigné avec grace combien elle étoit sensible au désinté-ressement de la fidèle Marthe, ayant remercié pour la dixième fois la digne Misshiss Léland ; tournant ses regards sur Lord Drew, & les dirigeant ensuite vers le Docteur Withers : Mon cher Monsieur, lui dit-elle, avec un sourire qui valoit en lui-même les plus brillantes récompenses, comment exprimerez-vous en mon nom toute ma recon-noissance à Milord, pour les services délicats qu'il a eu la bonté de me rendre ; je lui dois en vérité beaucoup. — Et je suis fâchée ; — elle n'en dit pas davan-

tage. Lord Drew jetta fur le Docteur
un coup-d'œil qui exprimoit affez qu'il
avoit trop bien entendu , pouffa un
foupir , fit fa révérence, & fe retira
fans dire un mot.

CHAPITRE XVIII.

Un peu de tout.

LORD Drew accompagna le Docteur Withers jufques chez lui. On conçoit que, chemin faifant, il ne l'entretint pas d'objets étrangers à Zoraïde. — Vous voyez ma fituation, dit-il, fi elle m'apprécioit moins bien, j'aurois davantage à efpérer. La manière même dont elle vient de me témoigner fa gratitude, annonce une ame entiérement libre, & m'interdit tout efpoir. — Allons, allons, répondit le Docteur. Courage, Milord : le tems & une bonne conduite opèrent des prodiges. J'ai vu plufieurs liaifons commencer, & fe foutenir fur le pied de la vôtre, & fe terminer à la longue par une union indiffoluble. Au refte, lorfque je ferai convaincu que

vous la méritez réellement , vous me
verrez defirer férieufement de la voir
en votre poffeffion ; mais j'ai à vous
entretenir de chofes plus importantes,
du moins pour le moment. Je ne dif-
conviens pas que la manière dont on
l'a amenée dans ce recoin du royaume
n'ait quelqu'apparence de myftère. Une
jeune perfonne arrivant de l'Inde ,
réuniffant tous les talens , toutes les
graces, tous les genres de mérite extérieur, environnée d'objets dont le prix
& l'éclat annoncent une naiffance diftinguée ; jettée comme par la main
du hazard dans une Ferme obfcure ,
parmi des gens honnêtes il eft vrai ,
mais ignorans & incultes ; point de
Domeftique à fes ordres , à l'excep-
tion d'une pauvre créature attachée à
la famille ruftique ; & tout cela pendant que je vis fur les lieux , qu'inconnu il eft vrai au Capitaine Mims,
je fuis lié de la plus étroite amitié

avec Miftriss Quinbrook, qui ne me
communique rien , ne me confulte
fur rien, ne me charge d'aucune infpec-
tion, ne me recommande pas même
le foin de la fanté d'une jeune fille
délicate qui , à ce qu'il paroît , étoit
déja en mauvais état lorfqu'elle quitta
fon pays natal. Toutes ces circonftances réunies , murement examinées,
produifent fur l'efprit un fingulier
effet. C'eft du moins une énigme dont
je ne crains pas de trouver le mot :
car je fuis inébranlable dans ma bonne
opinion. Mais il faut le chercher, ce mot:
êtes vous difpofé à le faire ? — Difpofez,
abfolument de moi, cher Docteur. —
Hé bien, partez donc vous-même pour
Londres. Vous voudrez-bien vous charger d'une lettre que je vous donnerai
pour Miftriss Quinbrook , & vous pouvez être certain que nous ne tarderons
pas de favoir à quoi nous en tenir fur
le compte de cette aimable étrangère,

qui eſt venue s'emparer ainſi de toutes
nos affections.

La propoſition fut avidement ſaiſie
par Lord Drew. Il étoit impoſſible
d'en imaginer une plus agréable. Après
avoir fait au reſpectable vieillard mille
proteſtations d'une reconnoiſſance qui
n'auroit de terme que celui de ſa vie : —
Monſieur, lui dit-il, je n'ai beſoin que
de votre nom pour lettre de créance. —
Je pars. Mon ſort ſera bien-tôt éclair-
ci. J'obtiens ou perds pour jamais tout ce
qui m'eſt cher au monde. Mais vous n'entendez pas que je parte à l'inſtant même ?
— Non, ſi vous avez des affaires plus
preſſées — plus preſſées ! je pars Docteur.
Je voudrois être déja de retour, — &
n'en ſavoir pas plus que vous ne ſavez : — O Docteur ! vous m'acca-
blez : adieu, je ſuis parti.

Tout en diſant qu'il étoit parti, Lord
Drew ne put ſe refuſer la ſatisfaction
de voir encore, ne fût-ce que pour un

inftant, l'objet de fa miffion. Il fe rendit donc en droiture à la Ferme, &
trouva Zoraïde dans les plus agréables
difpofitions. Lorfqu'il lui apprit qu'il
venoit prendre congé d'elle, elle eut
la complaifance de lui en témoigner
quelque regret. Vous laifferez un vuide
fenfible dans nos parties, lui dit - elle ;
votre abfence fe fera fur-tout fentir à
l'heure de nos concerts ; mais je ne
la fuppofe pas de longue durée, & ce
ne font pas fans doute vos derniers
adieux que vous nous apportez. Lord
Drew prit refpectueufement fa main,
la baifa avec émotion, & s'appercevant de fon trouble, il le diffimula de
fon mieux à l'aide d'un petit accès de
toux qui furvint à propos. Tirant enfuite la bonne Marthe à l'écart, il lui
dit qu'il lui rapporteroit de Londres
quelque chofe qui lui feroit plaifir, fi
elle lui promettoit de ne pas laiffer fa
maîtreffe feule un inftant, lorfqu'elle

feroit à le Ferme. Marthe fit figme de la tête qu'elle ne manqueroit pas de le faire. Revenant enfuite à Zoraïde, & demandant fes ordres, il fe retira, mais de ce pas lent & traînant, dé--crit par Milton, lorfqu'il fuppofe que nos premiers parens, en quittant le primitif afile de l'exiftence humaine, s'écrièrent,

Faut-il que je te quitte, aimable paradis !
Que je te quitte pour jamais !

Peu de tems après le départ de Lord Drew, Zoraïde fe rendit à Place-Néard. Miftriss Withers allarmée de l'aventure de la veille, après l'avoir comblée de careffes & de félicitations, lui déclara, que ne trouvant de sûreté pour elle que dans fa maifon, elle avoit fait préparer un appartement qu'elle la prioit d'accepter. C'eft, ajouta-t-elle, celui qui a vue fur la plantation d'ar-buftes que vous aimez ; comme il eft contigu au nôtre, je l'avois deſtiné à ma Sophie, dans le cas où il eût plu au Ciel de me la conſerver. Refuſeriez-vous d'occuper la place de l'enfant que j'ai tant chérie ? refuſeriez-vous de me tenir lieu de ma fille ?

Zoraïde fut pénétrée juſqu'au fond de l'ame de ce nouveau trait de bonté ; mais elle fit entendre avec les ménagemens les plus délicats, qu'il lui en coûteroit infiniment de ſe ſéparer entièrement de ſes humbles amis ; qu'une ſéparation abſolue de ces bonnes gens, les mortifieroit infailliblement, & leur feroit peut-être ſoupçonner qu'elle les regardoit comme incapables de lui être utiles ; ou ce qui feroit plus mortifiant encore, comme n'y étant pas portés par inclination. Ces repréſentations avoient, il faut en convenir, une force irréſiſtible ; Miſtriss Withers en fut pénétrée, & quoiqu'avec regret, elle ne pût ſe diſpenſer de rendre juſtice au

motif qui la privoit de ce qui, dans
fa fituation, lui paroiffoit le plus défi-
rable dans le monde. Il fut donc con-
venu que Zoraïde partageroit à l'avenir
fon tems entre la famille Withers, &
celle de la bonne Fermiere.

Tandis que cette converfation inté-
reffante fe paffoit entre les femmes ; le
Docteur Withers, occupé dans fon
cabinet, fut fingulièrement furpris d'entendre annoncer le Recteur Swinborne.
Ce Miniftre impudent avoit le front
de fe préfenter, comme s'il n'étoit
rien arrivé qui pût le compromettre. Le
Docteur l'admit en fa préfence ; mais
au lieu de le recevoir à l'ordinaire avec
civilité, il lui dit, fans lui laiffer le
tems de faire fes courbettes : — M. le
Recteur, la Paroiffe peut déformais fe
paffer de vos fervices, vous m'entendez : j'ai pu jufqu'à un certain point
diffimuler les dégoûts que me donne depuis longtems votre conduite légère &

évaporée : vos manières, vos airs étoient
des ridicules ou des travers qui , dans
le fond , vous faisoient plus de tort qu'à
autrui ; mais le complot infâme que
vous avez formé & presqu'exécuté ;
mais l'outrage que vous avez fait à
une jeune personne que j'aime & res-
pecte , sont des attentats qui ne peuvent être pardonnés. Par respect pour
la mémoire du Patron qui vous a
donné ce bénéfice ; sachant que vous
n'avez pas d'autres moyens de subsis-
tance, je ne vous oterai pas votre pain.
Cherchez donc quelqu'ecclesiastique qui
soit disposé à faire un échange avec
vous , & qui nous convienne : tâchez
sur-tout de trouver des paroissiens qui
veuillent vous recevoir pour leur Pasteur ; & je tâcherai de vous mettre
dans le cas de réformer vos mœurs &
votre caractère.

Swinborne ne répondit pas un seul
mot. Il lança un coup-d'œil furieux sur

le Docteur ; & le maudiffant tout bas,
ainfi que l'innocente Zoraïde & le
village entier, il fe retira d'un air égaré,
commanda une chaife de pofte, déterminé à relancer à Londres fon noble
protecteur, & à fe faire auprès de lui
un mérite de l'avanie qu'on venoit de
lui faire. Mais il fe trompoit dans fes
calculs. Lord Drew n'étoit plus l'être
qu'il avoit connu : il étoit totalement
régénéré. L'amour avoit décidé fon caractère ; &, autant que la jeuneffe &
l'âge mûr peuvent avoir de rapports
entre eux, fi le Docteur Withers étoit
un refpectable modèle, Lord Drew en
étoit une aimable copie. Mêmes idées,
mêmes principes, mêmes difpofitions
de cœur & d'efprit. D'ailleurs où le
trouver ? il étoit parti pour Londres
fans laiffer les moindres renfeignemens
fur fa marche ou fes projets. Cette dernière réflexion ne déconcerta pas Swinborne. Les Lords, fe dit-il, font des

êtres, qui, comme les afires du premier ordre, ne peuvent longtems être
dérobés à la vue. Se promettant ainfi
de trouver facilement Lord Drew ; peut-
être même de le joindre fur la route, ou
du moins de s'en emparer avant qu'il
eût pu faire aucunes démarches de conféquence ; très-fatisfait de fon rêve &
de fon importance, il monta en chaife
& prit la route de la capitale.

CHAPITRE XIX.

Hiſtoire de Zoraïde.

LORD Drew ayant abrégé la route
à force de relais, n'eut rien de plus preſſé
que de deſcendre chez Miſtriss Quinbrook, qui le préſenta à l'inſtant même
au Capitaine Mims. Après une courte
introduction, ſa Seigneurie ne pouvant
douter de l'intérêt que ces deux per-
ſonnes prenoient à Zoraïde, leur rendit
compte de l'objet de ſa miſſion, & de
l'aventure de l'enlèvement. Ils frémirent
l'un & l'autre du récit.—Hélas ! s'écria
Miſtriss Quinbrook, je ne me pardon-
nerai jamais de m'être rendue ſi imprudemment aux inſtantes prières de cette
charmante fille ; elle m'avoit déclaré
d'une manière ſi poſitive qu'elle ne vouloit connoître perſonne, ni être connue
de qui que ce fût ; elle m'avoit conjurée

avec tant de grace , & d'une manière
ſi touchante de ménager à cet égard ſa
délicateſſe & ſa ſenſibilité , que le lui
ayant promis, je n'ai même oſé excepter
le Docteur Withers de cette parole gé‹
nérale. J'ai ſenti que ſi je diſois un
ſeul mot à cet excellent homme , ſa
bienveillance le porteroit à une démar‑
che qui, en me convainquant d'infidelité
aux yeux de Zoraïde , produiroit ſur ſon
eſprit un effet plus à craindre encore ,
celui de la prévenir contre le Docteur.
Ce qui me fortifioit dans la réſolution
de ne rien dire au Docteur , étoit l'é‑
tat chancelant de la ſanté de la jeune
perſonne; je prévoyois ce qui eſt effec‑
tivement arrivé , que cette circonſtance
feroit un jour ou l'autre un ſujet de ra‑
prochement; qu'alors Zoraïde , libre de
ſe livrer ou de ſe refuſer aux préve‑
nances affables de ſon Médecin, ſeroit
certainement entraînée par le pouvoir
irréſiſtible de la vertu aimable. Mais ,
en

en prévoyant cette liaison , j'étois bien
éloignée de prévoir que le même Village qui se glorifie d'avoir un Docteur
Withers , pour premier habitant , auroit à rougir d'avoir en même tems un
si méprisable Pasteur : mes pressenti-
mens m'ont manqué en cette occasion.

Vous avez tort , Madame , dit le Capitaine Mims , de prendre sur vous le
blâme qui ne doit être imputé qu'à moi.
J'étois plus directement chargé par le
devoir , que vous ne pouvez l'être par
la bienveillance , d'obvier aux inconvéniens que devoit naturellement produire cette conduite mystérieuse à laquelle j'ai eu la foiblesse de me prêter.
Mon âge , mon expérience , tout devoit
me dire que les charmes de cette jeune
personne exciteroient la curiosité , &
que l'obscurité dont elle a voulu les en-
velopper , donneroit prise à la malignité. Je devois , & il m'étoit facile de la

souftraire à ces désagrémens. Si j'avois converti en especes les richesses immenses qui font en sa possession, j'aurois pu & dû la mettre sous la tutele immédiate du Chancelier ; mais depuis que j'ai le bonheur de la connoître, je n'ai pas eu le chagrin de me refuser à ses désirs : elle a désiré la retraite, a donné sa santé pour motif de son choix, je n'ai pas eu la force même de représenter. Ainsi, Mylord, ainsi Madame, tout ce qui est arrivé, est arrivé par ma faute ; j'en suis inconsolable.

Par ce peu de mots échappés, il étoit évident que Zoraïde, probablement bien née, étoit immensément riche. Cette découverte fut un coup de foudre pour Lord Drew. La naissance étoit un point desirable ; mais, en supposant la fortune médiocre, sa Seigneurie s'étoit flattée que l'offre de la sienne produiroit un effet favorable sur le Capitaine & sur Miftriss Quinbrook. Cet espoir disparoissoit tout à coup. Cependant Lord Drew se remettant de son mieux du trouble où l'avoit jetté cette premiere impression, hazarda de confier aux personnes qu'il devoit regarder comme représentant les parens de Zoraïde, les sentimens qu'elle lui avoit inspirés ; l'aveu qu'il lui en avoit fait ; le refus qu'il en avoit reçu ; l'appui que lui avoit fait espérer le Docteur Withers. Il finit par leur demander la permission de continuer ses hommages, si il ne leur paroissoit pas indigne d'aspirer à la main de leur Pupille.

Mylord, répondit le Capitaine Mims, il est possible que lorsqu'il s'agira du choix d'un époux pour Zoraïde, nous en préférions un à ses concurrens : il est possible aussi que nous laissions percer cette préférence ; mais quant au choix absolu, il lui appartient exclusivement. Elle est libre comme l'air, à cet égard comme à tous autres. Votre conduite est parfaitement estima-

ble. Votre nom, votre rang ne peuvent
qu'honorer la plus digne des femmes;
je vous fournirai donc de bon cœur les
occasions de déployer avec le plus grand
avantage les divers genres de mérite_qui
doivent vous recommander. Je ne dé-
guiserai point ma partialité pour vous;
je sais que cette considération sera puis-
sante. Voilà tout ce que je vous promets.

Une révérence profonde, accompagnée d'un sourire serein, exprima la
reconnoiſſance de Lord Drew. Miſtriss
Quinbrock témoigna ſon approbation
en termes polis, mais également cir-
conſpects. On s'entretint des qualités
naturelles, des graces, des talens,
des connoiſſances de la jeune Indienne. Diverſes queſtions adreſſées au Capitaine lui ayant fourni quelques allu-
ſions à des événemens qui paroiſſoient
tenir à l'Hiſtoire de cette fille intéreſ-
ſante; Miſtriss Quinbrook en prit occaſion de demander ſi cette hiſtoire étoit

réellement telle qu'elle exigeât le secret absolu que l'héroine s'obstinoit à garder. — Je ne connois, répondit le Capitaine, d'autre motif, que la crainte bien naturelle de se voir retracer des malheurs d'une espèce terrible, qui n'admet presque point de consolation.

Lord Drew ayant témoigné un extrême desir de connoître la nature de ces infortunes, & Mistriss Quinbrook l'ayant puissamment secondé. --- Vous serez satisfaits, dit le Capitaine; mais je me trompe à vos caractères, ou vous me saurez mauvais gré de vous avoir contristés : attendez-vous à un récit affreux. Je vous en préviens, Madame.

Dans le cours de mon dernier voyage dans l'Inde, je séjournai quelques mois à Calcutta. Comme mes affaires étoient terminées, pendant que l'on faisoit les dispositions nécessaires pour remettre à la voile, je saisis cet

intervalle de loisir pour satisfaire ma
passion pour la pêche. Je proposai à
deux Officiers de m'accompagner &
de faire une partie sur les bords du
Gange. Nous remontâmes le fleuve jusqu'à la station de nos Vaisseaux ; nous
prîmes la grande Chaloupe du mien,
un certain nombre de Matelots , &
nous allâmes tenter notre fortune.

Nous nous étions munis de palan-
quins & d'une tente pour nous dérober aux vicissitudes de la température.
Les matinées étant très-fraiches, dans
ces contrées , jusqu'à une certaine
heure, nous nous embarquâmes dans les
meilleures dispositions du monde. Pavil-
lon flottant à notre poupe , deux cors-
de-chasse servoient à entretenir notre
gaieté. La chaleur survenant tout à
coup, nous changeâmes de position , &
gagnâmes le rivage opposé, où il étoit
plus facile de trouver de l'ombrage.
Pendant que nous cherchions un azile

contre le foleil , nous avions détaché
trois de nos gens pour reconnoître les
environs; ils n'étoient encore qu'à peu
de diftance de nous , lorfque nous
entendîmes pouffer des cris de furprife
& d'horreur. Le bruit d'une arme à
feu qui fuivit immédiatement , nous
fit trembler pour leur fureté. Nous ne
tardâmes cependant pas à voir l'un
d'eux revenir vers nous. Il nous dit
qu'un homme pourfuivi par un autre
armé d'un fufil , s'étoit réfugié parmi
eux; mais qu'au moment où il implo-
roit leur protection , il avoit reçu un
coup de feu fous le bras gauche , &
étoit tombé ; que l'affaffin avoit pris
fur le champ la fuite ; que fes deux
camarades avoient relevé l'homme bleffé, & l'avoient détaché pour nous prier
d'avancer, & d'unir nos fecours à ceux
qu'ils étoient capables de donner. Je
volai à l'inftant fur les lieux , & je
trouvai dans les bras de nos gens un

jeune homme qui paroiſſoit porter une li-
vrée; qui, ſans me laiſſer le tems de lui
dire un ſeul mot, s'écria : ô qui que vous
ſoyez , écoutez-moi ; j'ai peu d'inſtans à
vivre , & des choſes importantes à communiquer. Je n'ai pas une ſeconde à perdre. Vous voyez dans l'éloignement ,
ce bois de palmiers & de grenadiers;
vers le centre de ſon enceinte , vous
trouverez une maiſon qui appartenoit
ce matin à un homme d'un rang émi-
nent & d'une richeſſe immenſe. Ce
reſpectable mortel, ſon épouſe, & trois
charmans enfans viennent d'être inhu-
mainement maſſacrés par des mains
inconnues ; de ſorte que je ne puis
dire ſi le motif de ce forfait a été la
haine ou la ſoif de l'or : ſi c'eſt la haine,
elle eſt cruellement ſatisfaite ; ſi c'eſt
la cupidité , elle a été fruſtrée., car
tout nos tréſors ſont enfouis ſous terre
à une grande profondeur. Sous la croi-
ſée du centre de l'édifice , vous trou-

verez une petite pierre quarrée portant
une infcription arabe ; faites fouiller la
terre en cet endroit, & faites un bon
ufage de ce que vous y trouverez ; que
les mains entre lefquelles pafferont tant
de richeffes , foyent pures comme le
dernier vœu que je forme. Je crois
ne pas me tromper, en vous apprenant
que ma chere Maîtreffe , l'aînée des
enfans de la famille , a échappé aux
meurtriers. Je l'ai vûe , l'œil égaré ,
paffer près de moi , & fuir au milieu
du carnage. Par la direction de fa
courfe, je juge qu'elle s'eft cachée parmi
les arbriffeaux touffus que vous trouverez fur la gauche de la maifon. Hatez
vous de la chercher, trouvez-la , que
mon dernier regard fe fixe fur elle &
je mourrai en paix. Je ne fuis pas ce
que je parois être ; j'avois cherché un
déguifement dans cet habit ; mais en
vain, comme vous voyez ; il importoit
aux brigands de m'arracher la vie, ils

D v

n'ont pas manqué leur coup. En parlant
ainsi , il perdoit beaucoup de sang ,
il tomba en défaillance : mais , sans
espoir de le sauver , je le fis mettre
sur mon palanquin , afin qu'il pût employer le peu d'instants qui lui restoient
à vivre , à nous aider à découvrir sa
jeune Maîtresse. On le porta donc au
milieu de nous , & il dérigea nos pas
vers ce theâtre de désolation qu'il nous
avoit indiqué : à son défaut , des traces
de sang nous eussent tenu lieu de gui-
des ; nous les suivimes & elles nous
conduisirent sur le terrein fatal où nous
comptâmes jusqu'à dix-sept cadavres encore palpitans. Quoique submergés dans
le sang , n'offrant que des visages mutilés ,
nous reconnumes deux Dames , un vieillard , & dix domestiques des deux sexes.

Ce spectacle parut ranimer le jeune
homme blessé : laissez-moi mettre pied-
à-terre , dit - il , je sens que je puis me
soutenir un instant encore. Nous som-

mes en vue du dépôt que je vous ai annoncé. Vous avez la forme humaine, avez vous des cœurs humains ? J'ofe l'efpérer, fi l'aimable créature que j'ai nommé ma Maîtreffe peut fe retrouver : vous pouvez, fans lui faire tort, vous récompenfer amplement, J'étois Aide-de-camp de fon père ; mais par des raifons de famille, je me faifois paffer pour un domeftique favori ; elle connoît ma voix & le dernier ufage que j'en ferai lui fera confacré. — Ici il prononça avec beaucoup de vigueur quelques mots orientaux, & Zoraïde, puifque tel eft le nom qu'elle a adopté ; fortant d'une touffe d'arbuftes épais, & fe profternant à mes pieds, à la manière des Orientaux, implora ma protection.

Il eft fans doute inutile de vous dire combien je m'empreffai de la relever. Je lui dis que, lorfque je ferois à mon dernier moment, je n'attendrois du

Ciel que des confolations proportionnées
à la fidélité avec laquelle j'aurois obfervé
le ferment que je faifois à l'inftant même,
de la fauver, de la protéger, de lui fervir de père; mais, ajoutai-je, permettez moi de commencer l'exercice de ces
fonctions faintes, en vous dérobant au
fpectacle des horreurs qui vous environ-
nent; daignez me fuivre à Calcutta. Là,
mon premier foin fera de vous rappeller à
vous-même; lorfque vous ferez remife
du trouble inféparable de votre fituation actuelle, capable de former &
de raifonner des defirs, vous voudrez
bien me les faire connoître, ils feront
des ordres pour moi, & ces ordres
feront fidellement exécutés.

Un figne qu'elle fit de la main, m'exprima fon approbation. Non, je n'ou-
blierai jamais le regard qu'elle pro-
mena en ce moment là, fur les objets
qui l'environnoient.—O! vous, dit-elle,
qui êtes déja morts; vous qui êtes mou-
rans; pardonnez moi fi je cherche un

azile contre les maux qui ont fondu
fur ma tête. Je fuis perdue ! perdue pour
jamais ! --- Eh bien , Monfieur , j'ac-
cepte votre offre généreufe. J'irai, fous
vos aufpices, fous des climats plus heureux , pleurer jufqu'à ce que la mort
tariffe mes larmes. --- Et toi , dit-elle
au jeune homme bleffé; & toi, le meilleur des êtres ; tu vois qu'il n'eft plus
poffible de refpirer ici. O ! pour l'a-
mour de moi : tâche de vaincre la
mort qui t'affaillit : accompagne moi
vers cette fection du globe , que l'on
nomme Angleterre ; fois toujours mon
frère chéri. --- S'appercevant que le
jeune homme faifoit un effort pour
parler ; mais la voix lui manquoit. ---
O! Monfieur , continua-t-elle , voyez,
la parole expirer fur fes lèvres ! quelle
pâleur mortelle s'empare de lui ! ---
c'en eft fait, il n'eft plus ! --- le jeune
homme pouffa un foupir, & expira.

Ayez l'humanité de me pardonner, dit

Lord Drew, si dans un moment d'émotion pareille à celle que votre récit m'a causée, j'ai pu m'occuper de moi-même au point de ne pouvoir résister au besoin de vous faire une question importante. N'est-il pas vrai que ce jeune homme étoit tendrement aimé d'elle; & qu'il en est tendrement regretté?

Je puis vous assurer, répondit le Capitaine Mims, que son affection pour lui n'a rien de commun avec la disposition de sa main; les liens du sang, en autorisant leur amitié, rendoient impossibles pour eux des rapports plus intimes.

Vous soulagez mon cœur : agréez mes remercimens, Monsieur, & veuilliez bien continuer.

— Est-ce là la dernière victime, me demanda la belle Indienne? Vous ne répondez rien. J'entens votre silence, je reste isolée dans le monde.—Hé bien, ne pouvons nous pas creuser une vaste

tombe qui renferme les reſtes mutilés
de tous mes amis ? Je dis touś, car il
n'y a plus de diſtinction pour eux :
ceux qui ſervoient, ceux qui étoient
ſervis, confondront déſormais leur pouſ-
ſiere juſqu'au jour de la réſurrection qui
les diſtinguera encore. Car Monſieur,
ajouta-t-elle, en me regardant fixement,
nos réputations ainſi que nos corps
auront une réſurrection glorieuſe. Oui,
Monſieur, raſſemblons-les tous dans
une même tombe ; mais je vous ſupplie de donner des ordres qui ſoyent
promptement exécutés. Que votre bien-
fait ſoit prompt, comme le vœu que
je forme. Vous ne me verrez plus pleurer ; je ne vous fatiguerai point de mes
larmes. C'eſt dans mon ſein que j'éle-
verai un monument à leur chère mémoire ; je l'emporterai au-delà des eaux.
Là ils trouveront un hommage propor-
tionné à leurs vertus, à leurs rangs,
au dégré de leur autorité ; aux divers

droits enfin que chacun d'eux peut y avoir. Ici elle se tut , & je ne pus parler ; j'étoit trop ému. Elle reprit la parole en ces termes.

— Mais, Monsieur, est-il bien possible qu'un espace aussi court de tems, l'espace d'un moment cruel, m'ait plongée dans un abîme si profond ? Ce matin, au lever du soleil , tout étoit tranquille ici. La nature sourioit aux heureux possesseurs de ces jardins. L'affection & l'amitié échauffoient tous les cœurs. Si vous pouviez concevoir les délices que nous trouvions dans la conversation. — Mais , pardon, Monsieur, je ne dirai plus rien ; je suis prête à vous suivre. Je vous remercie de votre obligeante attention , je vous remercierai toute ma vie. La reconnoissance....
Je me hatai de l'interrompre : je lui dis que si j'avois jamais le bonheur de faire naître en elle ce sentiment généreux ; la manière la plus sure de l'expri-

mer feroit de fe faire à elle-même tout
le bien qu'elle pouroit me défirer ;
d'oppofer à fon infortune la force de
fa raifon. En général, vous pouvez penfer que je ne négligeai rien de ce que
je crus plus propre à la calmer , au
moins pour ce moment de crife. Je
lui dis que je ferois mettre le feu à
l'habitation de fa famille ; que je ferois
élever un , bucher, pour y confumer , à
la manière des Orientaux , les perfonnes
facrées de fes parens , ainfi que de
leurs domeftiques ; que j'aurois foin
de recueillir moi-même leurs cendres
dans une urne , que nous tranfporte-
rions enfuite en Angleterre , pour y
être dépofée dans quelque fépulchre convenable ; qu'en conféquence, mes gens
garderoient foigneufement pendant toute
la nuit, le lieu de la fcène fanglante ,
& que le lendemain matin, de bonne
heure , je préfiderois à la cérémonie

folemnelle , efpérant qu'elle voudroit
fe repofer fur ma parole.

Cette idée de confumer par le feu
la maifon & fes déplorables habitans ,
me parût être le moyen le plus efficace
de diftraire & de détacher fon efprit
de fon pays natal , où il n'étoit pas
poffible qu'elle fit un long féjour fous
ma protection , puifque j'étois prêt à
quitter l'Inde. J'eus lieu de m'en applau-
dir , car la propofition produifit , jufqu'à un certain point , l'effet defiré.

Nous nous rendîmes à bord du vaiffeau , & je la fuppliai de repofer dans
ma chambre; lui difant que je répon-
dois de fa vie fur la mienne. — O !
Monfieur , me répondit-elle , quelle
inégalité dans le rifque ! quelle différence dans le prix de votre exiftence
& de la mienne ! Vous avez fans doute
des parens , des amis qui fe réjouiffent
de votre joye; s'affligent de vos peines.

—Les miens ne font plus : ils ont tous difparu de la furface de la terre. Le tranchant du glaive les a privés de la vie, de même que les flammes dévorantes priveront leurs corps de leur forme, & ne laifferont exifter d'eux, qu'une poignée de cendres, & le fouvenir de ce qu'ils ont été. Il n'eft donc que la diffolution de ce corps qui me refte, qui puiffe effacer de mon cœur ce fouvenir doux & cruel. Tant que ce cœur fera ouvert au fentiment, ce fouvenir y furvivra à toutes les impreffions dont il eft fufceptible.

Que répondre à de pareilles chofes exprimées avec un feu, une ame.... En vérité, je ne pus proférer un feul mot. Je l'engageai à prendre du repos; mais elle ne ferma pas l'œil. Le lendemain matin, je la trouvai extrêmement agitée. Je lui propofai de partir pour Calcutta. — Elle me regarda fixement pendant quelques minutes. —Quoi, me

dit-elle enfin, fans ma famille ! Jamais,
non, Monfieur, jamais je ne quitterai
ces parages, que vous n'ayez mis ma famille dans mes bras. Alors vous me
trouverez docile, je vous fuivrai par
tout.

Je lui dis que mon intention étant de
l'éloigner de ces funeftes lieux le plus-
promptement poffible, j'avois efpéré
qu'en lui propofant de partir, elle ne
me foupçonneroit pas de négliger les
devoirs facrés que je m'étois impofés.
Tandis qu'on faifoit les préparatifs, que
j'avois effectivement ordonnés pour l'é-
rection du bucher, j'employai une partie de mes gens à fouiller la terre à l'endroit indiqué par le jeune parent. Nous
y trouvâmes un tréfor confidérable, &
quantité d'articles, qui, fans être d'une
valeur intrinfeque, me parurent devoir
être d'un certain prix aux yeux de la
jeune perfonne, à laquelle je foupçonnai
qu'ils pouvoient appartenir. Dans l'in-

tention donc de la diſtraire, j'en fis une collection ſéparée ; & c'eſt par une ſuite de cette attention que vous l'avez vue, à la ferme, environnée d'inſtruments propres aux ſciences & aux arts, & d'une petite bibliotheque. Cette opération terminée, & les richeſſes réelles étant miſes en ſûreté ; je m'occupai de la cérémonie funebre. Avant d'ordonner que l'on mît le feu au bucher, je me demandai ſi il ne ſeroit pas mieux de ſuivre la première idée de la jeune Indienne, & d'inhumer tous ces cadavres dans une même tombé ; mais les bêtes féroces ; mais les brutes plus féroces encore, qui font partie de l'eſpèce humaine, pouvoient profaner l'aſile des morts ; je me déterminai donc à tout réduire en cendres, & lorſque la malheureuſe famille fut placée ſur le bucher, je célébrai moi-même l'office des morts. Les flammes conſumèrent tout ; & conformément à mon engagement, recueil-

lant avec dévotion les cendres qui reſtè-
rent. Je les dépoſai dans une urne, que
je portai à l'unique reſte d'une famille,
qui, ſelon toute apparence, devoit être
auſſi reſpectable qu'infortunée.

O Madame ! ô Milord ! ſi quelque
Peintre habile eût été à portée de nous
tranſmettre le portrait de la belle Indienne, au moment où je lui préſentai
l'urne funèbre : que deviendroient les
portraits de Sigiſmonde ou d'Agrippine !
Combien leur réputation ſeroit éclipſée !
N'attendez pas que je vous en donne
une idée même imparfaite ; tant de
beautés relevées par l'union d'une douleur ſi profonde, d'une joie ſi vive, ne
ſe décrivent pas. Il n'y eut plus de dif-
ficultés pour le départ: nous fimes voile,
& arrivâmes à Calcutta, où des circonſtances imprévues nous retinrent deux
mois. Pendant ce tems-là il ne ſe paſſa
pas un ſeul jour ſans que la larme à l'œil,
& tous les ſymptômes de la douleur

exprimés dans tous fes traits, elle ne m'affurât qu'elle étoit calme, parfaitement réfignée, & qu'elle fentoit qu'elle vivroit heureufe en Angleterre.

Prévoyant la multitude de dangers auxquels les graces de fa figure pourroient expofer fon fexe, je lui propofai de prendre les habits que portent nos jeunes garçons; mais la propofition parut fingulièrement allarmer fa pudeur. — Si je cours des dangers, dit-elle, fi mon fexe m'y expofe, au nom du Ciel ôtez moi la vie. Pour protéger mon fexe contre les attentats du vôtre, je ne ferai rien qui en foit indigne; il eft bien plus court de mourir. J'efpère ne jamais mériter les rigueurs du deftin; mais fi elles fondent fur moi, mon cœur confervera fa pureté, & je ferai plus heureufe dans l'autre vie.

Son jeune parent m'avoit dit en mourant que je faurois d'elle tout ce qui concerne fa naiffance & fa famille;

mais je me suis bien gardé de lui faire
des questions propres à renouveller des
souvenirs cuisans. Ces circonstances
d'ailleurs ne pouvoient m'intéréffer,
qu'autant que la connoiffance que j'en
aurois acquife, m'eût mis plus à portée
de lui être agréable ou utile. Du moment où je remarquai que l'allufion
la moins directe à fa patrie, remplif-
foit fes yeux de larmes, je bannis de
ma converfation jufqu'au mot *Inde*. Je
ne fuis donc pas plus inftruit que vous
à cet égard, & je me fuis conftamment attaché plutôt à lui faire oublier,
qu'à lui rappeller tout ce qui tient à fon
extraction. Cependant, d'après tout
ce que vous venez d'entendre, je crois
que vous penferez comme moi, que fa
naiffance eft auffi diftinguée, quefa fortune eft peu commune. C'eft à quoi
nous devons nous en tenir, jufqu'à ce
qu'elle juge à propos de nous donner

des

des lumieres : car nous n'en pouvons attendre que d'elle-même.

D'après tout ce qui je viens d'entendre, dit Lord Drew, je ne puis que m'étonner avec le Docteur Withers, qu'une jeune personne de cette naiſſance & de cette fortune, ait été enſevelie dans une ferme obſcure, ſans amis qui puiſſent adoucir ſa ſituation dans le chagrin, la protéger dans le danger; ſans un ſeul domeſtique dont la vue pût du moins en impoſer au vulgaire qui ne juge que par l'apparence. Et je penſe, comme le Docteur, que cet air de myſtère inexplicable ne pouvoit que compromettre votre charmante Pupille.

Vous jugez, Mylord, répondit le Capitaine Mims, d'après l'événement. Je vous avoue que je ne l'avois point prévu. Vous voudrez bien croire que ſi la jeune perſonne m'eût laiſſé faire les diſpoſitions relatives à ſon premier

Partie II.   E

établiſſement en Angleterre, elles euſ-
ſent été bien différentes. Mais, vous
le dirai-je! lorſque ſur les propoſitions
qu'elle me fit de vivre dans une retraite
abſolue, je lui fis quelques repréſentations, elle ſe jetta à genoux, & me
conjura de ne pas la contrarier. Les
manières de quelques paſſagers Européens qui avoient fait la traverſée avec
nous, l'avoient tellement prévenue &
révoltée, que ſi la choſe eût été prati-
cable, elle eût deſiré que je la diſpen-
ſaſſe de voir Miſtriss Quinbrook même.
Son cri étoit pour la retraite, la retraite
la plus obſcure; elle ne pouvoit eſpérer
le retour du calme & de la paix que
loin des yeux d'un monde pervers.

Je ne pus la ſatisfaire à l'égard de
Miſtriss Quinbrook, ſous la protection
de qui je ne pouvois me diſpenſer de
la mettre. Elle eut la bonté de prendre les arrangemens convenables avec
la Fermiere qu'elle connoiſſoit pour

une digne femme. Quant au Docteur Withers, nous prévîmes ce qui eſt arrivé ; nous eſpérâmes que des raiſons de ſanté l'appelleroient à la Ferme. Vous voudrez bien obſerver d'ailleurs que lorſque je partis pour Londres, il s'en falloit de beaucoup que je cruſſe y devoir faire un ſi long ſéjour. Retenu malgré moi, je lui ai régulierement écrit, pour la ſonder ſur ſes diſpoſitions, & toutes les lettres que j'en ai reçues, contiennent des aſſurances d'une tranquillité, d'une ſatiſfaction parfaites.

Je vous renouvelle mes remercimens, Capitaine, dit Lord Drew. Voilà des éclairciſſemens qui ſembleroient ne rien laiſſer à déſirer, cependant — ſi je ne craignois de vous offenſer..... Il y auroit encore une queſtion. —

Je lis la queſtion dans vos yeux, répondit le Capitaine, & je vais y répondre avec franchiſe. Il y a quelques années que j'ai perdu l'époufe qui avoit fixé mes premiers vœux. Nous avions vécu dans la plus tendre intimité, & au moment où la mort brifa nos liens, j'étois parfaitement convaincu que le tems & la jouiffance loin de les affoiblir, les avoit fortifiés. Il eft poffible que depuis, mon cœur fe foit ouvert à l'efpoir de retrouver dans une nouvelle union les douceurs que j'avois perdues; mais, en me fuppofant dans cette difpofition, l'âge de notre jeune amie éleveroit entre elle & moi une barrière infurmontable. Que la jeuneffe s'attache à la jeuneffe, la nature fourit à ces arrangemens; mais dans l'âge mur, la raifon donne à la maturité le genre de mérite qui doit le féduire. En un mot Mylord, puifqu'il ne s'agit de rien moins que de la paix de votre cœur, je vais vous faire un aveu qui ne m'échapperoit pas en tout autre circonftance. Si mon inclination n'étoit pas engagée pour la feconde fois par une belle inhumaine, (regardant en fouriant Miftriss Quinbrook) qui peut vous en dire quelque chofe, je me pique d'être affez délicat pour écarter toute vue d'intérêt perfonnel de ce que j'ai entrepris dans des vues d'humanité ; & je ferois pour moi-même, crainte de fuccomber à de fi puiffantes tentations, ce que je fais à l'égard de mon fils, dont je me fuis féparé pour la premiere fois de ma vie, & que j'ai envoyé à l'Univerfité afin de l'éloigner de Place-Neard. Je me fuis déterminé à prendre ce parti qui m'a beaucoup coûté ; parce qu'il entre précifément dans l'âge où le cœur s'ouvre aux tendres impreffions, & par ce qu'on lui trouve des qualités aimables.

En vérité, Capitaine, vous m'attachez à vous par les liens d'une obligation éternelle. Quelle candeur ! quelle nobleffe ! quelle franchife. Si

E iij

votre fils vous égale en mérite, ma réconnoiffance doit être plus vive, car je trouverois en lui un redoutable rival.

Vous entendez, Madame, que tout indigne que vous me jugez de vos bontés, il eſt des mortels qui me jugent avec plus d'indulgence. Eh bien, Mylord, malgré le compliment flatteur que vous venez de me faire, & la bonne opinion que vous paroiffez concevoir de moi, croiriez-vous que cette be'le Dame nourrit pour moi la plus parfaite indifférence ; répond à mes proteſtations d'attachement par des éclats de rire; fe fait un jeu de mes anxiétés, & me répond gravement, que pour fa propre fatisfaction & l'honneur de fon fexe, elle tâchera de fe rendre aimable à tous les yeux; mais que, parce qu'il me plaît de la trouver telle, elle ne fe croit point obligée à la reconnaiffance; encore moins à extravaguer

en s'embarquant dans une paſſion réglée
& ridicule ? Que l'amour eſt l'appanage
de la jeuneſſe ; l'amitié, celui de l'âge
mur ; que ſa vanité eſt ſi exceſſive qu'elle
ne peut être ſatisfaite que par ſa propre eſtime fondée ſur la bonne opinion du monde ; qu'elle me permet
de l'admirer, de la flatter, de me donner tous les ridicules poſſibles ſi cela
peut m'amuſer ; mais que ſi j'attache
quelque prix à l'opinion plus ou moins
favorable qu'elle peut ſe former de mon
mérite, comme elle ne peut m'apprécier
que dans mes intervalles de raiſon,
je ferai bien de ne pas offenſer la ſienne
par la répétition de mes folies, & de
mon galimathias d'amour. — Eh-bon
dieu ! s'écria Miſtriss Quinbrook ; en
parlant de galimathias, dans quelle extra-
vagante digreſſion nous entraînez-vous
dans un moment où Mylord, plein de
ſon objet, n'attend de vous que des détails qui s'y rapportent ? — Puiſque vous

vous êtes fi extraordinairement écarté de votre fujet , permettez-moi de le reprendre ; je terminerai votre lugubre récit par les détails de ce qui fe paffa la premiere fois que j'eus le plaifir de voir cette charmante infortunée.

Des fenêtres de mon cabinet de toilette , on découvre la mer au loin. J'avois appris que le Capitaine Mims étoit attendu à chaque inftant ; & je vous avouerai, Mylord , que toute inhumaine que l'on m'accufe d'être , l'œil de l'amitié étoit involontairement fixé du côté de l'eau ; je perdois mon tems, le Capitaine m'échappa en traverfant *l'Hammoaza* pendant la nuit ; & le lendemain il fe préfenta à ma porte de fi grand matin , que je n'étois pas levée pour le recevoir.

J'entendis tout à coup ma femme-de-chambre entrer tout effoufflée , & tirant mes rideaux. — Le Capitaine Mims , Madame, me cria-t-elle , — il

eſt là-bas dans le parloir : il m'avoit
défendu de vous éveiller ; mais il eſt
des cas où un peu de déſobéiſſance ne
déplaît pas. --- Pauvre Capitaine Mims,
comme il eſt changé! vous ne le recon-
noîtrîez pas ſi je ne vous avois pas prévenue. Imaginez-vous qu'il eſt là-bas,
verſant larme pour larme avec une
jeune Demoiſelle qui veut abſolument
avoir devant ſes yeux ſur une table une
eſpèce de cruche faite préciſément
comme notre urne à thé. Elle regarde
ce vaſe avec un air ſi dévot, ſi pénétrée
de douleur ; elle dit qu'elle n'en veut
jamais être ſéparée. --- Je paſſai une
robe à la hâte, & pouſſée par la curio-
ſité, je ne fis je crois que trois ſauts
pour franchir l'eſcalier. Je vis la belle
éplorée, & je vous laiſſe apprécier l'impreſſion que cette vue fit ſur moi. Le
Capitaine prit la parole le premier, &
l'adreſſant à la belle Etrangère : Ma
chère Demoiſelle, lui dit il, vous

voyez la digne & refpectable perfonne fous la protection de laquelle je défire vous placer. Et vous, Madame, daignez accueillir favorablement une Etrangère digne de vos bontés. --- Hélas! Madame, me dit Zoraïde, au moment où j'approchais pour l'embraffer, que direz-vous, quand vous faurez que je ne fuis pas feule à implorer votre protection? que je la reclame encore pour ma famille entière, famille infortunée contenue dans cette urne précieufe, qui va être dépofée dans ma chambre? --- Ma chère Demoifelle, dit le Capitaine en fecouant la tête; veuillez bien, fur ce point, vous en rapporter à mon jugement & à ma décifion. Ma conduite doit vous avoir prouvé fi cette urne eft facrée à mes yeux; mais lorfque je vous propofai de la tranfporter avec nous au-delà des mers, je vous avoue que j'étois loin d'imaginer; permettez, ou pour mieux

dire, pardonnez–moi la force de l'expreffion ; je ne prévis pas, dis-je, qu'il
vous viendroit à l'idée de violer les
droits des morts, & de les fouftraire
au fépulchre qui eft leur azile naturel.
Vous permettrez que ces reftes chéris
y foient dépofés dans tel lieu qu'il
vous plaira de choifir ; que cette cérémonie foit faite avec folemnité, auffi-
tôt que vous ferez en état d'y affifter.
En attendant , j'efpere de votre complaifance que vous ne vous oppoferez
pas à ce que l'urne foit dépofée dans
le cabinet de Miftriss Quinbrook. L'u-
fage pieux que cette Dame fait de ce
cabinet, en rend l'azile infiniment ana-
logue à la nature du dépôt ; & vous
pouvez être affuré , qu'elle exceptée ,
aucun mortel n'approchera du fanc-
tuaire,

Des larmes furent l'unique réponfe
que nous pûmes en tirer; le Capitaine
Mims, profitant de fon filence & de fa

docilité, faifit ce moment pour fouftraire
à fes yeux ce trifte *memento*. J'ai appris
depuis par des lettres qu'elle lui a écrites,
que fon intention eft de dépofer l'urne
dans l'églife de Place-Neard.

Le Capitaine l'ayant placée, en attendant, dans mon cabinet, nous re-
joignit. Je lui communiquai quelques
lettres qui l'intéreffoient ainfi que moi;
après une courte converfation, conce-
vant l'un & l'autre la néceffité de partir
pour Londres; nous fîmes humainement
tout ce qui étoit en notre pouvoir pour
l'engager à nous accompagner; mais
tout ce que nous pûmes dire de plus
preffant fut inutile, elle n'eut qu'un cri
pour la retraite, ajoutant que la plus
humble, la plus obfcure feroit la plus
agréable pour elle. Ce fut alors que je
fongeai à la ferme d'Héath, & elle y
fut conduite fur le champ.

Eh bien, Mylord, dit le Capitaine
Mims, vous en favez actuellement autant

que Miftriss Quinbrook & que moi-
même. Vous en favez même affez pour
vous former une idée du caractere de
notre jeune Indienne. Il eft décidé, inébranlable dans fes principes. Ayant déjà
effuyé un refus, quel plan de conduite
vous propofez-vous pour tenter votre
fortune auprès d'une perfonne dont la
fermeté & la dignité m'en impofent à
moi-même ?

Je vous avouerai, Capitaine, répondit Lord Drew, que fi dans ce moment-
ci je forme quelqu'efpoir, il n'eft fondé
que fur vos bontés, fur l'intérêt que
vous voudrez bien prendre à moi. Ma
félicité dépend abfolument de vous; je
fais que j'ai un peu négligé ma réputation, & que cette négligence eft contre
moi ; mais mes mœurs un peu obf-
curcies par la frivolité de la jeuneffe &
la dangereufe influence de la mode, ne
font point corrompues. Je vous abandonne mon cœur entiérement comme

une cire molle que vous modelerez à vôtre gré ; en un mot, je n'implóre votre bienveillance, votre généreux appui, dans la plus importante affaire de ma vie, qu'autant que je mériterai l'une & l'autre par ma conduite.

J'approuve votre fage réfolution, dit le Capitaine en lui tendant la main ; je vous répete que, laiffant entiérement à ma belle pupille la liberté du choix, je ne négligerai rien de ce qui, fans la contraindre, pourroit contribuer à la décider en votre faveur.

CHAPITRE XX.

Rencontre intéressante.

MISTRISS Quinbrook, témoin de tout ce qui venoit de se passer, ne put se dissimuler que la délicatesse du Capitaine étoit extrême & même déplacée. Elle la condamna sécrettement, & se fit un devoir de changer, s'il étoit possible, des dispositions si désavantageuses au jeune Edmond Mims, qu'elle aimoit & dont elle étoit maraine. Elle l'avoit élevé chez elle pendant la majeure partie de son enfance, & elle ne croyoit pas que ce charmant *enfant* eût son égal au monde. Il faut avouer qu'il suffisoit de le voir pour l'aimer ; que sa figure, son esprit & son cœur prévenoient au premier coup-d'œil, attachoient au second ; qu'à un grand fond de douceur il unissoit un extérieur animé & mâle ;

& que, lorfqu'on le connoiffoit parfaitement, il étoit difficile de defirer pour
lui l'addition d'un agrément, d'une
qualité, d'une vertu. Il n'étoit pas Lord,
il eft vrai; mais il méritoit & pouvoit
obtenir les honneurs les plus fignalés.
Au refte, le défaut de titre ou de tout
autre avantage qu'on ne tient pas des
mains de la nature, entroit pour fi peu
de chofe dans la manière dont Miftriss
Quinbrook apprécioit les humains, qu'en
défirant pour fon filleul la poffeffion
de Zoraïde, elle comptoit pour peu fa
grande fortune, & prefque pour rien fa
beauté; ce qu'elle admiroit en elle,
c'étoit l'innocence, la candeur, l'attachement inviolable à la vérité. Edmond,
difoit-elle, pofsède toutes ces qualités,
où trouveroit-il ailleurs une femme qui
les réuniffe? où Zoraïde trouveroit-elle
ailleurs que dans Edmond une ame auffi
pure auffi belle que la fienne? Eft-il
poffible que des rapports fi touchans

aient échappé au Capitaine Mims ? ou bien , s'il y a fait attention , ainfi que je l'en foupçonnerois d'après ce qu'il nous a dit des précautions qu'il prend pour éloigner fon fils de Place-Neard; jamais homme de fon fens fe livra-t-il à des notions plus romanefques ? Il n'en fera pas comme vous l'entendez , Capitaine , je vous le promets , vous ne volerez pas à votre fils , au profit d'un étranger , un bijou de ce prix : vous avez fait efpérer au Lord plus qu'il ne fera en votre pouvoir de faire pour lui; & fi vous vous entendez avec lui , pour furprendre le cœur de la jeune innocente , je m'arrangerai de mon côté de manière à faire échouer ce beau plan.

Pleine de fon projet , Miftriss Quinbrook fentit la néceffité de le diffimuler, & d'attendre que le temps lui fournît l'occafion de mettre la main à l'œuvre. Le Capitaine lui ayant annoncé que fon départ de Londres étoit fixé pour

la semaine suivante, elle lui observa que
le jeune Edmond étant dans l'usage
constant de passer une partie de l'année
avec elle, elle croyoit qu'il n'étoit pas
possible de choisir un temps plus convenable pour ces courtes vacances, que
celui où il pourroit jouir en même tems
de la compagnie de son pere. — De
grace, lui dit le Capitaine, ne me
pressez pas sur ce point. J'ai mes raisons, vous les connoissez; elles sont si
puissantes que, quoique je prévoie
quelque séjour à Plymouth, j'en partirai
sans embrasser mon fils; & pour la
première fois de sa vie, il recevra mes
adieux dans une lettre. Je lui dirai que
j'ai des raisons particulières de ne le
point voir, & que je les lui expliquerai
à mon retour.

Mistriss Quinbrook fut assez maîtresse
d'elle-même pour ne rien répondre;
mais elle ne put commander que le
silence à ses lèvres; le reste de ses traits

concourut à exprimer son mécontente-
ment ; elle le sentit, & faisant un effort,
dans la crainte d'être devinée, elle repa-
rut avec un air serain, & si elle n'approu-
va pas, du moins elle ne crut pas devoir
contrarier l'inconcevable résolution de
son ami. Il y a apparence qu'elle avoit
fait espérer à Edmond le plaisir de venir
passer quelque temps avec son pere,
car sitôt qu'elle fut séparée de ce dernier, elle écrivit au jeune homme que
la partie ne pouvoit avoir lieu ; que le
Capitaine avoit conçu des notions étranges dont elle lui feroit part la première
fois qu'elle auroit le plaisir de le voir ;
qu'en attendant, il eût à s'informer
soigneusement du moment où le vaisseau
s'éloigneroit de la côte, & qu'il ne
manquât pas de la joindre sur le champ.
Elle lui expliquoit ensuite pourquoi elle
se trouvoit alors dans le Dévonshire, où
elle ne résidoit que depuis la mort de
son frère, qui lui avoit laissé sa fortune

& la maison qu'elle occupoit ; que,
comme elle ne l'avoit point encore eu
avec elle, il étoit inconnu de ses nou-
veaux voisins auxquels, par des raisons
qu'elle lui expliqueroit, elle le présenteroit comme son parent. — Ayant relu
cette lettre, elle prit le parti de la
brûler, considérant qu'il arriveroit de
deux choses l'une ; ou qu'Edmond n'o-
seroit désobéir aux ordres de son père,
ce qui rendroit la lettre inutile ; ou que
ce seroit l'inviter à un acte de déso-
béissance, ce qui seroit encore pis.

Cependant, le Capitaine Mims &
Lord Drew étoient devenus inséparables,
& Mistriss Quinbrook étoit condamnée
à entendre le premier se répandre sans
cesse en louanges sur le compte du second. En vérité, lui disoit-il, je m'es-
time singuliérement heureux de ce que
le hasard a mis en mon pouvoir de
ménager un parti si avantageux pour ma
charmante pupille ; je suis seulement

contrarié de penser que mon dernier
voyage dans l'Inde doit néceſſairement
précéder l'accompliſſement d'une union
ſi déſirable ; mais, Madame, vous voudrez bien me repréſenter & faire les
honneurs. Ici Miſtriss Quinbrook ne
répondoit rien, ne promettoit rien, mais
ne contrarioit pas ouvertement.

Le jour fixé pour quitter Londres
étant arrivé, le Capitaine n'eut rien de
plus preſſé que de ſe rendre à la ferme
d'Héath. Zoraïde le revit avec plaiſir,
avec tranſport ; cependant ſa préſence
lui rappellant néceſſairement l'occaſion
qui lui avoit procuré ſa connoiſſance,
elle ne put dévorer quelques larmes qui
lui échappèrent. Le Capitaine, déjà
prévenu par ſes lettres, du cas qu'elle
faiſoit de ſa nouvelle ſociété, lui ayant
témoigné combien il étoit enchanté de
ce que le haſard l'avoit ſi bien ſervie
malgré elle-même, elle ſe répandit en
éloges ſur le compte de M. & de Miſtriss

Withers, & de M. Crosby : — je leur
dois beaucoup, ajouta-t-elle, mais en
vérité, ma reconnoissance est partagée
entre cette société respectable, & l'humble famille dont je fais pour ainsi dire
partie. Rien de si touchant que l'attachement de la digne Fermière qui m'a
cédé une partie de sa maison. Je suis
si pénétrée des attentions dont on m'a
comblée dans le cercle étroit où je vis,
que je ne désire point de l'étendre, parfaitement convaincue que, dans le monde
entier, je ne trouverois pas plus de
perfections réunies que je n'en connois
dans les deux familles qui m'ont adoptée.

Vous trouverez des amis partout,
lui dit le Capitaine, & je vous prie
de compter au nombre de ceux que
vous venez de me nommer, une personne qui vous eût pénétrée des mêmes
sentimens que vous exprimez avec tant
de grace, si elle eût été plutôt à portée
de cultiver votre affection ; je parle de

Miſtriss Quinbrook qui, de retour comme moi, d'un voyage occaſionné par des affaires d'importance, m'a chargé de la rappeller à votre ſouvenir. Voulez-vous permettre que je vous la préſente ?

O mon protecteur ! ô mon père ! répondit Zoraïde : je ſuis bien malheureuſe, ſi vous penſez que vous avez des permiſſions à me demander. Vous ſavez mieux qu'aucun mortel ce qui me convient, ce qui ne me convient pas ; & quand vous avez parlé, je rougirois de réfléchir ; pardonnez ſeulement à ma foibleſſe, à mes préventions, peut-être injuſtes, une ſeule queſtion. Miſtriss Quinbrook a-t-elle connu l'infortune ? a-t-elle eu la douleur de ſurvivre à des parens chéris ? Je jugerai par votre réponſe du degré de ſa ſenſibilité, de l'effet que produira ſur elle la vue d'une infortunée, condamnée par le ſort à affliger de ſa ſeule préſence quiconque n'a pas porté ſes lèvres à la coupe amère.

Je puis vous aſſurer, répondit le Capitaine, que Miſtriss Quinbrook a connu l'infortune, non dans la proportion, mais dans le genre de la vôtre.

Qu'elle ſoit donc bien venue. Je compâtis à ſes maux ſans les connoître, elle compâtira aux miens. Je deſire la proſpérité à toute créature vivante ; mais du moment où elle en jouit, elle n'eſt pas propre à ma ſociété. Il y a trop de contrainte à déguiſer le chagrin ; il y a de la dureté à le faire paroître aux yeux de la proſpérité. C'eſt contriſter les autres ſans ſe ſoulager ſoi-même. Mon opinion eſt de bien peu de poids ; mais je penſe que les mortels heureux & ceux que l'adverſité pourſuit, devroient former deux claſſes diſtinctes dans la ſociété.

Le moment de la ſeconde entrevue étant fixé pour l'après-midi du même jour,

jour, Miftriss Quinbrook fe rendit chez
Zoraïde ; & charmée de la trouver dans
un état fi différent de celui où elle
l'avoit laiffée, frappée des graces de fa
perfonne ; avant d'ouvrir la bouche en
l'abordant, elle s'étoit déjà dit en fecret :
» Je ne connois au monde que mon Edmond qui foit digne d'elle ; l'heureux
inftinct qui lui a fait refufer un Lord,
l'éclairera fur le mérite d'Edmond, il
ne s'agit que de les rapprocher. »

La converfation qui s'engagea & fe
foutint de part & d'autre avec autant
d'efprit que d'agrément, ne fit que con-
firmer Miftriss Quinbrook dans fa réfolution. On en étoit à parler du
Docteur Withers, lorfqu'un domeftique
arriva de fa part pour inviter Miftriss
Quinbrook, Zoraïde & leurs amis à
dîner le lendemain chez lui.

C'eft la première fois qu'on ait vu
Zoraïde étaler dans le village le luxe
oriental auquel elle étoit accoutumée

Partie II.   F

depuis fa plus tendre enfance. Elle étoit
magnifiquement vêtue ; mais le goût
exquis qui avoit préfidé à fa parure,
épargnoit à l'œil l'effet défagréable que
produit généralement la magnificence
quand elle n'eft que richeffe. On préfenta le Capitaine au Docteur, qui ne
l'avoit jamais vu. Lord Drew n'avoit
pas été perfonnellement invité ; mais
avoit fuivi le Capitaine comme l'ombre
fuit le corps. Zoraïde, qui ne s'attendoit pas à le voir, fut un peu émue ;
mais ce n'étoit rien moins que l'émotion
du cœur, elle fe remit promptement
du pur effet de la furprife, & ne fit
pas un mouvement, ne hazarda pas une
expreffion qui pût être favorablement
interprêtée par Lord Drew.

Tandis que la converfation paroiffoit
à-peu-près générale, Miftriss Withers
s'étoit emparée du Capitaine : elle le
regardoit avec une attention fingulière ;
lui faifoit des queftions auxquelles il

répondoit de manière que chaque fois qu'il ouvroit la bouche, elle paroissoit affectée de cette sensation que l'on éprouve lorsqu'on a cru quelque chose d'agréable, & que l'on est désabusé. Elle lui demanda entre autres, s'il étoit né dans le Devonshire? —non Madame. —— Vos père & mère sont-ils encore vivans? —— J'ai eu le malheur de les perdre l'un & l'autre. ——— Quelle partie de l'Angleterre vous a donné naissance? ——Aucune. Je suis né à Calcutta; j'étois encore enfant lorsqu'on me transporta en Angleterre. ——— Votre mère étoit-elle Indienne? ——— Non, elle étoit Angloise, mais elle avoit fait un voyage aux Indes avec son mari qui étoit marin comme moi : ——— pardonnez-moi ces questions indiscrettes, dit Mistriss Withers. J'ai perdu un fils : je n'ai cessé de faire des recherches dans l'espoir de le retrouver. J'ai cru le voir dans quelques enfans que le hasard m'a offerts lorsqu'il étoit en-

core enfant. Quelques jeunes gens que
j'ai vu enfuite m'ont fait une courte
illufion. Mais actuellement qu'il feroit
de votre âge ; s'il vivoit encore, il
vous reffembleroit fi parfaitement, que
cette reffemblance m'a émue : ce qu'il
y a de plus frappant, c'eft qu'autant
qu'il eft poffible de conferver des rapports dans le fon de la voix aux périodes
éloignées de l'enfance & de l'âge mûr,
le fon de la vôtre, rappelle à mon
oreille le timbre enchanteur.... Ici les
larmes s'ouvrant un paffage !---ô ma
bien aimée, dit le Docteur Withers,
que vous êtes induftrieufe à vous créer
des chagrins qui n'entrent point dans
les vûes de la Providence ! Si notre fils
vivoit encore, les foins que nous avons
pris pour le retrouver l'euffent rendu
il y a longtemps à l'amour paternel.

Il y a longtems, Monfieur, dit
Miftriss Withers au Capitaine, que
j'ai porté auffi mon facrifice à l'autel

de la résignation ; mais qui peut commander aux impulsions subites de l'espoir ? je les ai éprouvées en cent occasions. J'ai cru reconnoître la voix de mon fils dans les accens inconnus qui ont frappé mon oreille ; j'ai cru retrouver ses traits sur tous les visages qui ne m'étoient pas familiers. M.—Crosby, qui étoit de la partie , craignant les suites d'une agitation qui croissoit à chaque instant , se glissa légérement entre Mistriss Withers & le Capitaine , disant , en riant , qu'il étoit temps de terminer un tête à tête qui paroissoit tirer à conséquence. S'étant emparé à son tour de cette mère respectable, il lui demanda si elle vouloit faire un troc avec lui. --- Je m'explique, dit-il, voudriez-vous faire avec moi un échange d'infortunes ? Le genre de la vôtre est cruel, j'en conviens ; vous avez perdu vos enfans ; vous les avez pleurés pendrnt nombre d'années. Mais les larmes

que vous avez verſées étoient des larmes
douces, des larmes ſoulageantes, des
larmes de conſolation. Qu'ai-je fait dans
le même eſpace de tems ? D'auſtères
pénitences, elles n'ont point rendu la
paix à mon cœur. Vous n'avez pas
provoqué votre infortune ; la mienne
eſt le châtiment viſible de ma mauvaiſe
conduite. Vous n'avez eu aucune part
à la perte de vos enfans. J'ai cauſé la
mort de ma mère, contribué à celle
de mon père, condamné mon frère
& mes ſœurs au banniſſement, aux mi-
ſères qui l'accompagnent : car enfin,
que ſais-je à quelles extrêmités ils peuvent avoir été réduits ſous un ciel étranger ? Cher frère ! Hélas, Madame, vous
parlez de reſſemblances ! jettez les yeux
ſur notre Zoraïde, ne vous rapelle-t-
elle pas comme à moi l'image de ce
frère regretté ? il pourroit avoir des enfans de ſon âge ; mais ce qui rend la
choſe improbable, c'eſt la haute extrac-

tion de cette charmante fille , & je
ne fais cette obſervation que pour vous
prouver combien l'imagination eſt prompte à s'égarer, à prendre les apparen-
ces pour des réalités séduiſantes. Appre-
nez donc de moi à vous tenir en garde
contre les illuſions ; à vous ſoumettre
enfin à des maux qui ſont ſans remede.

Miſtriss Withers eſſuya ſes larmes,
mais ne put en tarir la ſource ; elle
eſſaya de remercier M. Crosby, mais
ne put articuler un ſeul mot. L'aſſemblée touchée de ſa ſituation, ſe retira
ſans affectation pour lui laiſſer le tems
de ſe remettre, & l'on fit un tour de
jardin.

CHAPITRE XXI.

Envie, méchanceté.

Zoraïde s'étoit perfuadée que Miftriss Quinbrook, accoutumée à la vie de la Capitale, étoit une femme diffipée; & cette impreffion avoit confidérablement combattu dans fon cœur l'inclination qu'elle fe fentoit d'ailleurs pour elle. Une autre caufe la refroidiffoit encore fur le compte de Miftriss Quinbrook; Lord Drew avoit eu l'adreffe, finon de la mettre réellement dans fes intérêts, du moins de fe conduire comme fi elle l'avoit pris fous fa protection: toutes les fois qu'elle arrivoit, foit à la Ferme, foit au Village, Lord Drew lui donnoit la main, en forte que fes vifites n'étoient rien moins qu'agréables à Zoraïde, qui remarquoit avec peine que, malgré la candeur

avec laquelle elle lui avoit fait connoître l'état de fon cœur , il fondoit
évidemment l'efpoir du fuccès fur le
tems & la perfévérance.

Quant au Recteur Swinborne , il
avoit eu l'audace de menacer Lord
Drew de dévoiler le miftère de l'enle-
vement, s'il ne le récompenfoit pas
comme s'il eût complettement réuffi
dans l'entreprife manquée. Le Lord
intimidé , avoit eu la foibleffe de promettre fon appui ; mais il s'étoit borné
à feconder le plan du Docteur Withers dans lequel il ne s'agiffoit que
d'un échange de bénéfice , par confé-
quent d'un baniffement formel de Place-
Neard. Le Recteur furieux , fit vœu
de fe venger , en faifant indiftinctement
tout le mal qu'il feroit en fon pouvoir
de faire.

La première victime de fes lâches
manœuvres fut la pauvre Marthe. Zoraïde, touchée de fon zèle, de fon

F v

attachement, s'occupoit depuis quelque
temps des moyens de la récompenſer,
lorſque le Capitaine la preſſant de
prendre au moins une femme-de-chambre qui ne fût attachée qu'à ſa perſonne,
elle ne ſe rendit aux inſtances de ſon
protecteur, que dans la vue d'élever à
cette eſpèce de grade une fille qui, dans
le fait, n'étoit que ſervante d'une Fermière. Jamais favori ou favorite élevée
aux honneurs les plus éminens, n'en
fut plus fière, n'en perdit plus complé-
tement la tête. Il ne fut plus poſſible
de regarder Marthe ou de lui parler
comme à une villageoiſe, c'étoit une
demoiſelle; & ſi elle n'en prit pas les
airs, il eſt certain qu'elle crut les prendre. Une robe de ſoie & quelques
ajuſtemens dont ſa maîtreſſe lui fit préſent, achevèrent de tourner ſon eſprit,
& dès le dimanche ſuivant, elle parut
à l'égliſe plus parée que les femmes les
plus hupées du village. On peut juger

de la fenfation que produifit ce phéno-
mène fubit ; les charitables paroiffiennes
après l'avoir bien regardée , fe regardèrent entr'elles , & puis on fe parla à
l'oreille , & puis l'envie éleva fuffifam-
ment fa voix pour fe faire entendre.
— Vraiment , difoit l'une , ce n'eft pas
pour rien qu'on la voit fi fouvent chuchoter avec un Lord. — Voyez donc ,
difoit une autre , comme elle fait déjà
la Princeffe , il ne faut pas être forcier
pour favoir ce que lui coûtent toutes ces
belles hardes. Il n'y eut pas jufqu'à la
bonne Miftriss Léland qui ne dît fon
mot en paffant : Ça m'fait honte de
penfer qu'j'ai élevé cette morveufe , qu'a
l'air d'une courtifane ?

Qu'eût-ce été fi Marthe , profitan-
des avantages de fa figure , eût fu les
faire fortir ? mais la vérité eft qu'elle
n'avoit jamais été ni fi gauche ni fi laide ,
quoiqu'elle eût pris bien de la peine à
fe faire belle. Cela n'empêchoit pas

F vj

qu'on ne la dévorât des yeux. Les jeunes filles la regardoient avec envie, les mères avec mépris. Au sortir de l'église, il fallut traverser le cimetière au milieu de la foule ; les mauvais propos recommencèrent ; la présence même du Docteur, si révérée en général, n'en imposa pas en cette occasion à la malignité. --- Ma chère Demoiselle, dit-il à Zoraïde, vous avez cherché la retraite au village pour vous dérober à la méchanceté des gens du monde ; voyez comme nous sommes bons. Si cette pauvre Marthe se fût cassée une jambe ou un bras, tout le monde la plaindroit ; votre générosité l'a mise, en apparence, au-dessus de ses égales, c'est à qui lui jettera la pierre.

L'adresse qu'avoit eue Lord Drew d'attacher Marthe à ses intérêts, contribua beaucoup à accréditer dans le village les mauvais propos que l'on tenoit sur son compte ; il l'entretenoit souvent en secret, à ce qu'il croyoit, mais l'œil de l'envie perçoit dans le tête à tête, rien ne lui échappe. La pauvre fille avoit accepté quelques présens, & croyant en conscience devoir les payer par ses bons offices, elle ne négligeoit jamais l'occasion de glisser un mot en faveur de Mylord. Zoraïde, fatiguée de cette espèce d'importunité, prit enfin le parti de lui défendre de prononcer devant elle le nom de Lord Drew.

C'est alors que la conscience de Marthe se trouva à la torture. Après avoir bien réfléchi au parti qu'elle avoit à prendre, elle se détermina à aller trouver Mylord, à lui rendre compte de ce qui s'étoit passé, & à lui dire que comme elle ne pouvoit plus le servir, elle n'accepteroit plus ses présens.

Cette découverte fut un coup de foudre pour Lord Drew qui, ainsi que Zoraïde l'en soupçonnoit, se flattoit

de vaincre les obſtacles qu'il avoit ren-
contrés, à force de perſévérance. Se
perſuadant à l'inſtant que quelqu'un
l'avoit deſſervi, il prit la réſolution
de demander un éclairciſſement la première fois qu'il en trouveroit l'occaſion. Elle ne tarda pas à ſe préſen-
ter. S'étant trouvé avec Zoraïde dans
un moment où le reſte de la ſociété
s'occupoit à conſidérer quelques fleurs.
--- Pardonnez-moi, Madame, lui dit-
il, ſi, ſans préliminaire, je prends la
liberté de vous faire une queſtion. Je
ne puis la faire devant témoins, ainſi
je n'ai pas un inſtant à perdre : faites-
moi la grace de dire ſur quoi vous
fondez le refus que vous faites de
ma main ? --- En vérité, Mylord,
répondit Zoraïde avec douceur, je ne
le fonde ſur rien qui vous ſoit per-
ſonnel. Je ne me ſuis point interrogée moi-
même ſur ce ſujet, ainſi je n'étois point
préparée à répondre ; mais il y a appa-

rence que fi je fondois férieufement
mon cœur , je trouverois dans fon infen-
fibilité la réponfe que vous demandez.
Que voulez-vous , Mylord , il eft poffible qu'il foit fermé pour jamais à
tout autre fentiment que celui de mon
infortune ; je le prévois du moins : ainfi
ne vous abufez pas ; le tems , le hazard,
rien ne me fera changer.

Vous ne me haïffez donc pas , reprit
Lord Drew ; en ce cas je ne puis
perdre l'efpoir. Je fuis jeune , j'ai le
tems d'attendre ; j'attendrai donc. Vous
permettrez que mes foupirs s'exhalent
à une humble diftance , jufqu'à ce que
j'aie le malheur d'apprendre qu'il exifte
un mortel que vous me préférez. C'eft
lorfque je l'apprendrai de votre propre
bouche que vous ferez enfin perdue pour
moi ; jufques-là , belle Zoraïde , permettez-moi d'efpérer.

Puifque vous mettez de la généro-
fité jufques dans vos perfécutions , je

ferai généreuse , Mylord , & je vous
promets de vous faire part de toutes
les découvertes que je ferai dans mon
cœur , de toutes les nuances de fentiment que je croirai y obferver. Si cela
vous paroît obligeant de ma part , fi
vous croyez me devoir quelque obligation à raifon de ma candeur, j'ofe-
rai y attacher un prix ; voici ce que
j'attends de vous : c'eft que vous ne
vous perfuadiez jamais que j'autorife
en vous d'autres fentimens que ceux
de l'amitié, parceque je ne vous éviterois
pas. Je defire n'avoir jamais occafion
de vous éviter : ainfi ne la faites pas
naître.

Lord Drew foufcrivit au traité offert ,
& le fcella d'un baifer favorablement
accueilli ; car Zoraïde ne retira pas la
main qui le reçut.

CHAPITRE XXII.

Sentimens romanesques & héroïques.

LE Capitaitaine Mims se voyant à
la veille de son départ, invita ses
amis à une petite fête, à bord de son
vaisseau qui mouilloit à la hauteur de
Plymouth ; Zoraïde, l'une des premières
invitées, accepta avec plaisir. M. Crosby se relâcha en cette occasion de
son austérité ordinaire ; & Lord Drew
se crut le plus heureux des mortels.
Déja le Capitaine s'étoit rendu à son
bord pour en faire les honneurs, &
recevoir ses amis qui s'étoient assem-
blés chez le Docteur Withers. Les
voitures étoient à la porte & tout le
monde prêt à partir lorsqu'on vint annoncer à Mistriss Quinbrook, qu'un jeune homme inconnu demandoit à lui
parler. Elle descendit un instant ; remon-

ta dans un état d'agitation viſible ; &
faiſant mille excuſes à l'aſſemblée ,
pria M. Crosby de vouloir bien la ſuivre un moment. Entrée avec lui dans
la ſalle où le jeune homme l'attendoit :
» vous-voyez , dit-elle à M. Crosby ,
un étourdi qui prend ſon tems bien
mal-à-propos pour me faire une viſite.
Je ne ſais en conſéquence de quel rêve
il s'eſt aviſé de quitter ſon Collège ;
mais le fait eſt qu'il ne devoit pas le
quitter ; encore moins ſe rendre ici ,
parceque ceci eſt une terre défendue
pour lui. Son excuſe eſt qu'il n'a pû
reſiſter plus-long-tems au deſir , au
beſoin de voir un père qu'il idolâtre ;
mais ce père croit avoir d'excellentes
raiſons de le tenir éloigné pour quelque tems. A cela il répond que s'il
ne peut avoir la conſolation de faire
ſes adieux à ſon père , il eſpère du
moins que je voudrai bien m'en charger pour lui : voilà , mon cher M. Cros-

by, la caufe de l'embarras dans lequel vous me voyez. Aidez-moi de vos bons confeils, il eft inutile fans doute de vous dire que le nom de l'étourdi eft Mims.

Le fils du Capitaine Mims, répondit M. Crofby ? qu'il foit le bien venu. Il étoit impoffible de faire une addition plus agréable à notre petite partie. — Eh ! M. Crofby, répliqua Miftriss Quinbrook, je croyois que vous m'aviez entendue ; voilà ce que c'eft que de n'être pas initié dans le fecret des familles. Ce jeune homme ne peut paroître devant fon père fans encourir fon déplaifir. Les raifons de cette fingularité font trop compliquées, pour que je vous en entretienne à préfent. Celle qui m'a déterminé à vous appeller à mon fecours, peut s'expliquer en quatre mots. Veulliez bien permettre qu'il fe retire dans l'hermitage jufqu'à ce que je puiffe avoir une converfation avec lui, & lui expliquer les motifs de la conduite

extraordinaire de son père à son égard.
A qui pouvons-nous confier sûrement
le soin de le conduire à Place-Neard?

M. Crosby n'imagina pas d'expédient
plus prompt & plus sûr que celui de
monter avec le jeune homme dans une
des voitures & de le conduire lui-même
à l'hermitage; Mistriss Quinbrook l'ayant
remercié, réjoignit l'assemblée, parfaitement remise du trouble où cet incident l'avoit jettée. Le Docteur Withers
la plaisanta finement sur son tête à tête
avec un jeune homme. Elle s'en tira avec
beaucoup d'esprit, & finit par assurer
le Docteur, que s'il entroit effectivement
un peu d'intrigue dans sa conduite, elle
étoit de nature à lui faire présager que,
lorsqu'il en seroit temps, lui & le Docteur lui-même voudroient y entrer pour
quelque chose. La conversation se soutint
encore quelque temps sur le même ton
de plaisanterie. Quelqu'un ayant demandé ce qui retardoit le départ,

Miftriss Quinbrook répondit que l'*in-*
triguant M. Crofby s'étoit chargé-pour
elle d'une commiffion fecrete. On annonça enfin le retour de l'hermiie, &
tout le monde monta en voiture.

Le Capitaine Mims s'étoit avancé
fur le bord du pont pour donner la
main aux Dames. Comme fon vaiffeau
étoit neuf, il ne rappella à Zoraïde aucun
des fouvenirs fâcheux qui l'euffent at-
triftée fans doute, fi elle eût reconnu
celui fur lequel elle avoit fait la traverfée,
enforte que la journée fe paffa fans
nuages. Mufique, bonne chère, efprit,
gaîté, tout concourut à la fatisfaction
générale. Avant que l'on fe féparât, le
Capitaine tira Miftriss Quinbrook à l'é-
cart, la chargea de rendre compte à
fon fils des motifs de fa conduite avec
lui, & de faire tout ce qui feroit en fon
pouvoir pour, qu'à fon retour, il eût
la fatisfaction de trouver Mylady Drew
dans Zoraïde. Il n'étoit plus poffible de

prolonger la foirée fans courir quelques
rifques; l'on revint donc à Place-Neard
la nuit même, & le lendemain matin,
Miftriss Quinbrook n'eut rien de plus
preffé que de s'acquitter d'une des com-
miffions dont le Capitaine l'avoit char-
gée, non pas celle qui avoit pour objet
de convertir Zoraïde en Mylady, mais
bien celle qui la mettoit à fon aife,
en lui fourniffant l'occafion de difpofer
à fon gré l'efprit du jeune Mims. Elle
fe rendit donc à l'hermitage, & trouva
fon protégé déjeûnant avec M. Crofby,
déjà prévenu en fa faveur, & enchant´
de fa connoiffance, au point de redouter
le moment de la féparation.

Je vous promets, dit Miftriss Quinbrook, qu'aux vacances prochaines il
viendra nous revoir. — Il y a apparenc
qu'elle avoit changé d'idée, & que l
moment d'informer le jeune Mims de.
raifons qui l'avoient privé de la fatisfaction de voir fon père n'étoit pas

arrivé. Elle fe borna à lui dire en termes vagues, que ces raifons étoient fondées fur la prudence ; qu'elle les lui feroit connoître lorfqu'il reviendroit la voir ; que l'amour paternel n'étoit point affoibli ; qu'il fubfiftoit dans toute fa force ; qu'en un mot, perfuadée que dans très-peu de temps elle auroit des chofes très-agréables à lui apprendre, elle le prioit de ne point infifter pour en favoir davantage. Alors le pauvre Mims, le cœur ferré, la larme à l'œil, fe recommanda aux bontés de fa mère adoptive ; reprit la route de Plymouth ; puis fe rendant à Londres, où il ne paffa qu'une nuit, il regagna triftement fon collège.

CHAPITRE XXIII.

Vifite.

LE départ du Capitaine Mims avoit finguliérement affecté Zoraïde. Helas! difoit-elle, le Ciel a répandu fes bénédictions fur lui; il eft riche, & il s'expofe encore aux dangers de la mer. O Dieu de bonté, veillez fur les jours de mon bienfaiteur! protégez le meilleur, le plus tendre de mes amis! A fon âge, courir encore après les richeffes! ne voit-il pas, par mon exemple, combien dans le fond, il faut peu pour fatisfaire, même avec fuperfluité, les vrais befoins de l'individu?

Ce voyage du Capitaine Mims, entrepris pour ajouter encore à une fortune déjà confidérable, lui tenoit tellement au cœur, qu'elle entretenoit pendant des heures entières la bonne

Marthe

Marthe fur la folie de l'ambition, de la cupidité, & fur l'infuffifance des richeffes pour faire le bonheur de l'homme. Marthe fe gardoit bien de contrarier ; elle approuvoit des larmes ; mais dans fa bonne tête, elle ne jugeoit pas tout-à-fait fi rigoureufement des richeffes ; elle étoit au contraire intimément convaincue que l'or eft le feul bien folide, le feul qui peut procurer à volonté de belles robes, de belles parures, les feules chofes qu'il foit raifonnablement poffible de défirer fur la terre. Les grandes Dames comme ma maîtreffe, fe difoit-elle, ne jugent pas de même de l'or, parce qu'elles n'en manquent jamais ; & ce ne font que les fantaifies qui leur paroiffent avoir de la valeur. Voyez donc ce que c'eft que le monde !

Cependant, le temps fe paffoit à-peu-près comme par le paffé. Même fociété, mêmes amufemens paifibles. Zoraïde alloit à Place-Neard, revenoit

à la ferme, partageoit son temps entre
les deux classes distinctes de ses amis.
Lord Drew ne l'importunoit pas. Pendant ce temps-là, le jeune Mims comptoit les jours. Il n'y a plus qu'un mois,
écrivoit-il à Mistriss Quinbrook. La semaine d'après, il n'y a plus que vingt-un
jours, écrivoit-il encore. Sa dernière
lettre disoit : « Demain, nous entrons
en vacances, & je pars droit pour
Place-Neard. Mistriss Quinbrook, dans
le cours de cette correspondance, avoit
prévenu son protégé que, pour des raisons qu'elle lui communiqueroit avec
ce qu'elle lui avoit déjà promis, elle
le présenteroit à ses amis comme fils
d'une de ses parentes. Lorsqu'elle reçut
la lettre qui lui annonçoit l'arrivée
immédiate du jeune homme, elle crut
devoir en prévenir M. & Mistriss Withers : elle dînoit précisément chez eux
ce jour-là. — Me permettrez-vous, leur
dit-elle, de vous annoncer la visite d'un

jeune homme que je prendrai la liberté
de vous préfenter & de recommander
à ros bontés? Il. fort du collège ; je
réponds de fes mœurs ; & fans entrer
dans les détails de fon caractère, j'en
citerai quelques - uns qui le rendront
particuliérement agréable à chacun de
vous. Par exemple, ce ne fera pas
prévenir défavorablement Zoraïde, que
de lui annoncer qu'il eft grand muficien,
& chante parfaitement bien. Miftriss
Withers ne fera pas fâchée d'apprendre
qu'il a beaucoup lu ; que tous les
Auteurs de quelque mérite, en tous
genres, lui font familiers ; & je crois
lui affurer d'avance la bienveillance de
M. Crosby, en l'informant que mon
jeune parent eft également propre au
bareau, à l'églife, à toute profeffion
qui demande du talent; mais fon père
n'a point encore pris de parti à cet
égard, n'a pas même confulté fon goût;
enforte que vous verrez en lui un

G ij

gentilhomme de vingt - un ans, libre
comme l'air ; mais n'abufant pas de fa
liberté : car le goût le plus remarquable
en lui, celui auquel il fe livre avec
moins de réferve, eft le goût pour la
retraite. — Le mot *retraite* parut fixer
pour la première fois l'attention de
Zoraïde. — J'ai cru, continua Miftriss
Quinbrook, devoir l'annoncer ainfi,
pour lui préparer une réception favorable ; j'efpère qu'il la méritera. Je me
fuis un peu preffée de vous entretenir
fur fon compte, parce que je fuis
preffée par le temps : il peut actuellement arriver à chaque inftant. — En ce
cas, dit Miftriss Withers, attendons-le
pour dîner. — Non pas s'il vous plaît,
répondit Miftriss Quinbrook, ne gâ-
tons pas les jeunes gens : il fera très-
heureux de nous prendre tels qu'il nous
trouvera ; il me refte à folliciter pour
lui les bonnes graces de Mylord.

Elles lui font dues, Madame, ré-

pondit obligeamment Lord Drew. L'intérêt que vous prenez à lui, lui affure
la bienveillance de tous vos amis, &
j'ai l'ambition d'être compris dans le
nombre. Il peut compter fur mes bons
offices en toute occafion. — Miftriss
Quinbrook ne put réprimer un regard
qu'heureufement Mylord n'entendit pas,
mais qui exprimoit fingulièrement combien elle doutoit que Lord Drew tînt
parole dans certaine occafion, qui étoit
encore fon fecret. Elle fe difpofoit à
répondre, lorfqu'on annonça l'arrivée
du jeune homme. Priez-le de monter,
dit le Docteur Withers, il eft le bien
venu. — Le bien venu en vérité ! s'écria
Miftriss Withers au moment où elle
l'apperçut, c'eft — c'eft mon fils ! mon
cher fils ! Mais fe remettant fur-le-
champ de cette première furprife, illufion cruelle ! continua-t-elle, fon âge
ne s'accorde point avec l'époque de nos

infortunes. — Cependant tous ses traits font les traits de mon fils !

La ressemblance est frappante, dit le Docteur en tremblant, du moins l'imagination la rend telle ; mais probablement ce jeune cavalier connoît ses père & mère.

Comme Mistriss Quinbrook avoit défendu à Edmond de nommer son père, il se trouva extrêmement embarrassé ; il regarda fixement celle qui, l'ayant mis dans l'embarras, devoit naturellement l'en tirer.

Ce jeune homme, dit-elle, ainsi que j'ai eu l'honneur de vous l'annoncer, est mon parent, & totalement étranger au Comté de Devonshire,

Mais, s'écria Mistriss Withers avec vivacité, qui est son père ? Son père est mon parent, répliqua Mistriss Quinbrook. — Votre parent ! eh mais, ne ferions-nous pas parens, Madame ?

pardonnéz-moi ces queftions. Je conçois par fon âge qu'il ne peut être notre enfant ; mais je me difois : Mon fils peut s'être marié très-jeune, & il pourroit nous avoir donné un petit-fils de cet âge. Êtes-vous bien sûre, Madame, que vous connoiffez fa famille & qu'elle eft étrangère à la nôtre ? ——— Je vous affure, répondit Miftriss Quinbrook, que fon père vit, que je fuis extrêmement liée avec lui, & que je ne lui ai jamais entendu dire qu'il eût l'honneur de vous appartenir.

La foirée fe paffa triftement. Miftriss Withers foupiroit, effuyoit quelques larmes qui échappoient malgré elle ; le Docteur étoit penfif ; Zoraïde difoit tout bas : il aime la retraite, il a fans doute connu l'infortune ; cependant fon père vit, fes malheurs ne peuvent égaler les miens. Enfin l'on fe fépara. Zoraïde regagna la Ferme, M. Crosby fe chargea du jeune homme, qu'il conduisît avec lui à l'Hermitage.

Mistriss Withers passa une mauvaise nuit, agitée par des rêves fâcheux, ou en proie à des réflexions pénibles. Le lendemain matin, s'étant pleinement convaincue qu'il y avoit quelque chose de mistérieux dans l'aventure de la veille, elle communiqua ses soupçons à son mari. N'avez-vous pas remarqué, lui dit-elle, que lorsque j'ai demandé au jeune homme qui étoit son père, il n'a rien répondu? qu'il a jetté des regards embarrassés sur Mistriss Quin-brook, qui a répondu pour lui? Il y a quelque chose là-dessous. Faites-moi l'amitié de m'envoyer ce jeune homme, que je l'entretienne dans ma chambre. --- Le Docteur s'étant rendu à ces ins-tances, le jeune Mims ne tarda pas à paroître. Mistriss Withers l'ayant prié de s'asseoir à côté de son lit, lui confia fes angoiffes en ces termes : O chère image de mon fils, fi vous n'en êtes pas l'aimable rejetton, ayez pitié d'une mère tendre, confumée par le chagrin. Dites-moi, dites-moi fans réferve qui vous êtes, d'où vous venez ? --- Vous héfitez ! puiffe cet aimable trouble être propice à mon efpoir ! ô M. Withers, fi dans cet être intéreffant nous retrouvions feulement une branche de l'arbre que nous regrettons, qu'elle nous feroit chère !

O Madame, répondit le jeune Mims, en vérité vous déchirez mon cœur. Ce que vous me demandez eft un fecret. ---Achevez, mon enfant, s'écria Miftriss Withers, le preffant dans fes bras. --- Hélas, continua le jeune homme, je fuis fâché d'avoir à ajouter que ce fecret, quoique de la plus haute importance pour moi, ne vous intéreffe en aucune manière. En deux mots, je fuis fils du

G v

Capitaine Mims, né à Calcutta, ainsi
que lui.

Miſtriss Withers tomba dans un
évanouiſſement dont le Docteur la tira
avec peine. — Eh mais, dit-elle, re-
prenant ſes eſprits, pourquoi donc ce
miſtère? pourquoi ſe cacher, déguiſer ſon
nom? qui a pu machiner cette inconcevable intrigue, qui a penſé me coûter
la vie? — Mims rendit compte ſur-le-
champ de tout ce qui s'étoit paſſé entre
Miſtriss Quimbrook & lui; de la défenſe
que ſon père lui avoit faite de quitter
le Collège; de la viſite ſecrette qu'il
avoit précédemment faite à Place-Neard;
& finit par ſupplier les reſpectables
vieillards de le regarder ſans agitation,
leur proteſtant que ſi ſa préſence leur
faiſoit la moindre impreſſion, il s'en
banniroit pour jamais.

Les bonnes gens lui promirent de
ſurmonter cette foibleſſe, fondée ſur

une reffemblance frappante avec un fils
qu'ils avoient perdu. Mais, ne nous
fuyez pas, ajouta le Docteur ; au contraire, reftez. Cette reffemblance vous affure
de notre part une affection qui ne peut
que rendre votre féjour parmi nous plus
agréable. Il finit par promettre que le
fecret feroit inviolablement gardé.

Miftriss Quinbrook inftruite des circonftances de cette fcène touchante,
vit avec plaifir que l'heureufe préven-
tion de M. & de Miftriss Withers affu-
roit leur bienveillance à fon protégé ;
elle étoit déjà fûre de la concurrence
de M. Crosby. Elle ne trouvoit donc
dans fa fociété, d'autre obftacle à fon
projet favori, que celui qu'élèveroit
infailliblement la paffion importune de
Lord Drew. Elle s'occupa exclufive-
ment des moyens d'éloigner un témoin
fi dangereux, avant que la liaifon qu'elle
avoit à cœur de former, ne fe trahît

elle-même. Cependant, avant de mettre
férieufement la main à l'œuvre, elle
voulut s'affurer des fentimens du jeune
Edmond pour Zoraïde. Il répondit à fes
queftions avec beaucoup de réferve,
mais de manière à ne pas permettre
qu'une femme d'efprit fe méprît aux
difpofitions fecrettes du cœur. Sûre de
fon fait, elle commença, fans s'expliquer trop clairement, par confeiller à
Edmond de ne pas quitter fouvent l'hermitage, tant que Lord Drew feroit à
Place-Néard ; de s'obferver beaucoup
devant ce Lord, lorfqu'il fe trouveroit
en fa préfence avec Zoraïde; d'être en
général circonfpect, & de garder pour
lui feul ceux de fes fecrets qu'il ne
jugeoit pas à propos de lui confier à
elle même. Au refte ajouta-t-elle, en
le quittant : je vous impofe une contrainte que je vais faire mon affaire
d'abréger. Jufqu'à ce que je puiffe vous

donner des conseils plus agréables à suivre, conformez vous à ceux que les circonstances actuelles rendent absolument indispensables.

CHAPITRE XXIV.

Coup de Politique.

Lord Drew étoit, ou paroiſſoit être très-attaché à Miſtriss Quinbrook ; il lui faiſoit de fréquentes viſites, & ſaiſiſſoit avidemment toutes les occaſions qui ſe préſentoient de lui ouvrir ſon cœur. La confidente prêtoit volontiers l'oreille, parce qu'elle avoit toujours le plaiſir de l'entendre gémir des rigueurs de Zoraïde. Un jour qu'il ſe livroit avec plus de chaleur que de coutume à ſes triſtes épanchemens, il fournit, ſans s'en douter, à Miſtriss Quinbrook le moyen qu'elle cherchoit de ſe débarraſſer de ſa préſence. —— Je ne crois pas, dit-il, qu'il exiſte ſur la terre un homme plus malheureux que moi. Chaque jour je me dis, il faut perſévérer, il faut eſpé-

rer; mais quand je me demande furquoi
fonder mon efpoir, alors ma tête fe
trouble; je ne vois point de fondement,
je n'en vois d'aucune efpèce: car enfin,
Madame, fi l'indifférence de Zoraïde
étoit, comme elle me l'a fait entendre,
l'effet de fes chagrins, j'aurois pour moi
le fecours du temps qui adoucit tout.
Le tems s'écoule & ne change rien en
ma faveur. Elle allégue fon goût pour
là retraite. Je dois fans doute refpecler
le motif qui nourrit ce goût en elle;
mais le dois-je jufqu'au point de me
priver éternellement de fa préfence ? Dû
moins lorfqu'elle eft avec fes amis, elle
n'eft pas en retraite, & fi j'en augmente
le nombre, elle me regarde comme fi
je violois fon afile. Faut - il donc que
je l'évite, & fi je ne l'importune pas de
ma paffion, ne fent - elle pas du
moins que je ne puis vivre loind'elle ?
--- Je fuis bien aife, dit Miftriss
Quinbrook, que vous m'ayez mife fur
la voie. Je vous avouerai que j'avois fou-

vent penfé à ce que vous me dites, &
que je vous blâmois en fecret de vous
obftiner à obféder une jeune perfonne
qui vous a déclaré qu'elle ne vous aime
pas. C'eft offenfer fon amour propre,
que de paroître agir fi directement
contre cette déclaration ; c'eft la mettre
fans ceffe fur fes gardes, & mon avis
eft, fi je connois mon fexe, qu'en fuivant cette marche, vous finiriez par
aliéner tout-à-fait, & fans reffource,
un cœur qui, s'il fe refufe à vous, ne
s'eft encore donné à perfonne, & dont il
faut cependant que l'amour difpofe tôt
ou tard. Si vous m'en croyez, vous
prendrez une conduite toute oppofée.

Premièrement, permettez - moi de
vous repréfenter en amie, que ce défefpoir, toujours peint fur votre vifage, n'a-
joute point à fes avantages naturels ; que
ces foupirs à demi-étouffés font mal les
honneurs de votre efprit ; que cet air
d'ennui, que vous promenez par tout,
développe mal les graces de votre exté-

rieur. Vous perdez, Mylord, vous
perdez confidérablement à vous montrer
fans ceffe dans un état où vous ceffez
d'être vous-même. Effayez du fecret
que vous donne une femme ; que vos
vifites foyent moins fréquentes & plus
gaies ; faites même quelques abfences
affez longues pour qu'on s'en apper-
çoive. — Si je croyois, répondit Lord
Drew, que mon abfcence pour quelque
tems , pût produire un bon effet ; je
vous avouerai que j'ai dans le Wiltshire
une affaire preffante qui m'appelle. —
Fort bien : il faut faire fes affaires, allez
dans le Wiltshire , mais n'en revenez
pas avec la mine mauffade que l'on rap-
porte toujours de ces fortes d'excurfions.
Allez-vous dérider à Londres, revenez
avec les manières, les modes, les expreffions du jour. Que la gaieté, l'élé-
gance vous introduifent à votre retour ;
ne féjournez avec nous qu'autant que
vous verrez fe foutenir l'impreffion que

vous y devez faire. Si vous remarquez
du refroidiſſement : des chevaux, partez,
allez chercher nouvelle proviſion d'agré-
mens. Quelques mois de ce manège
vous vaudront mieux que dix années de
de votre triſte perſévérance. — En vérité,
dit Lord Drew, vous pourriez avoir raiſon ; j'y ſongerai ſérieuſement. Mais,
quand j'aurai quitté la place, ſi quelqu'un alloit s'en emparer : n'ai-je rien
à craindre, par exemple, de ce charmant Jouvenceau auquel vous prenez
un intérêt ſi vif?

Ah, ah, ah, ah, ah, ah — (après
un long éclat de rire) ah, Mylord, je
vous croyois meilleur connoiſſeur. Le
Jouvenceau ! très-bien nommé. Et quoi!
ne voyez vous pas que l'Hermite & lui
ſont inſéparables? Il eſt un petit Hermite
lui-même. Je parierois qu'il finira par
en prendre l'habit : il fait déjà ſon no-
viciat.

C'eſt le ciel que les hommes de ſa

trempe comtemplent, ils n'abaiſſent pas leurs regards ſur la terre, ils préferent les ſublimes voluptés qui nous ſéparent de la vie ſociale, aux parties de plaiſir les plus recherchées qu'il ſoit poſſible d'imaginer.

---Le jeune homme, à vous dire la vérité, m'a un peu paru tel que vous vous le peigniez. Mais que voulez-vous? l'amour eſt extravagant, il a ſes craintes.

--Tenez, Mylord, vous avez manqué votre profeſſion; il eſt tems de la reprendre. Prenez une houlette, une pannetiere, formez vous un beau troupeau; vous trouverez dans les environs de la Ferme des pelouſes délicieuſes; n'oubliez pas le flageolet, & je vous aſſure que vous ferez mieux le métier de berger que celui de Lord. Vous ferez ſouverain d'un empire paſtoral.

Lord Drew plaiſanta avec légèreté ſur l'avis qu'on lui donnoit, mais l'adop-

ta très férieufement; il prit cependant
deux jours pour réfléchir. J'abandonne
la place, fe dit-il, il eft vrai, mais
qui laiffé-je pour s'en emparer ? Le
bon-homme Withers eft marié, eft
honnête homme, l'Hermite eft garçon
ou veuf, mais il feroit le père de
Zoraïde; quant à cette petite pièce de
méchanique, ce jeune protégé de Miftriss Quinbrook, c'eft un automate,
une efpèce d'horloge, qui fonne une
fois par heure, & que l'on a bien de
la peine à monter pour l'entretenir
dans fa routine. Quoique les-femmes
foyent bien extraordinaires dans leurs
caprices, il n'eft pas à fuppofer que
dans ce cas ci, je coure le moindre
rifque : d'ailleurs n'ai-je pas Marthe
pour moi? ne me fera-t-il pas facile
de l'engager par quelques préfents à
m'inftruire de tous ce qui fe paffera?
Oui, tout confpire à me tranquillifer,
& Miftriss Quinbrook me traite véri-

tablement en amie ; elle me conseille
bien ; il est probable que mon absence
laissera quelques instans de vide dans
les occupations de Zoraïde ; qu'elle
s'en appercevra, & éprouvera des sen-
sations dont ma présence la garantit.
Je manquerai à ses parties de plaisir ;
elle desirera, sans s'en douter, l'instant
de mon retour. Oui, telle est la marche du cœur humain, j'aurois dû employer plutôt ce petit stratagême.

Déterminé à partir, par toutes ces
reflexions, Lord Drew se rendit à Place-
Neard, pour faire part à ses amis de
sa résolution, & recevoir leurs ordres.
Zoraïde ne parut ni aise ni fachée ; &
Lord Drew en fut accablé. C'est une
maxime en amour qu'une répugnance
marquée peut se changer en un sentiment tendre, de même que ce sentiment peut tourner en haine ; mais les
amans prétendent que l'indifférence ne
varie jamais, & il faut avouer qu'ils

ont pour leur fystème l'autorité de l'exemple. Que faire cependant ? Lord Drew avoit pris congé; il parut.

Les annales rapportent que Miftriss Quinbrook fe reprocha ce petit tour de perfidie; cela eft poffible : car Miftriss Quinbrook étoit une très digne femme; mais elle aimoit fi fincérement le jeune Mims, qu'elle s'étourdit fans doute, en cette occafion décifive, fur les repréfentations de fa confcience. Mims étoit fon filleul, & remplaçoit dans fon affection le fils qu'elle avoit perdu; on doit quelqu'indulgence aux entrailles maternelles. Si elle n'eût trouvé le fecret d'éloigner ce Lord incommode, il étoit à-peu-près impoffible de mettre le cœur de Zoraïde à l'épreuve. Or c'eft à cette épreuve que l'intention de Miftriss Quinbrook fe bornoit. Si, après avoir mis Zoraïde & Edmond dans le cas de fe voir, de fe parler, de s'étudier, la premiere perfiftoit dans fon indifférence , elle étoit déterminée à abandonner la partie & à laisser le champ libre à Lord Drew.

Avant de terminer ce chapitre, il est à propos d'oserver que Lord Drew. s'étoit bien gardé de partir sans s'assurer des bons offices , & même au besoin, de la correspendance de Marthe ; il avoit eu une longue conversation avec elle; il lui avoit persuadé, qu'étant le plus 'anciens des adorateurs de sa Maîtresse, il avoit des droits incontestables sur elle; enfin il lui avoit fait promettre de lui écrire au moment où elle appercevroit qu'aucun être, ressemblant à un homme, oseroit approcher Zoraïde, ou même former quelques liaisons dans le Village.

Je suis une pauvre *écrivaine*, dit Marthe , & il se pourroit que vous n'entendissiez rien à mon griffonnage; mais, très-noble Monsieur, si je mets une fois la main à la plume ; que vous

puissiez me déchifrer ou non; il suf-
fira que vous entendiez qu'il s'agit de
choses graves : car sans cela je ne bar-
bouillerois pas mes doigts d'encre : alors
il est entendu que vous ne perdrez
pas un moment, & que vous arriverez
en poste pour entendre tout ce que je
ne saurois écrire, mais que je saurois
dire. Enfin vous viendrez pour défendre vos droits; car, entre nous,
Mylord, foi d'honnête-fille, vous avez
eu bien de la peine, & vous méritez
d'être récompensé. Lord Drew remercia Marthe, glissa dans sa main un
rouleau, qu'elle prit par distraction, se
recommanda à son zele, à son acti-
vité, & se jetta dans sa voiture, qui
l'attendoit au fond du chemin creux.

CHAPITRE

CHAPITRE. XXV.

Stratagéme.

LORD Drew parti , les visites du
jeune Mims devinrent plus fréquentes,
tout l'attiroit chez Mistriss Withers ;
& ce qui est remarquable, c'est que
Zoraïde , dont la convention avec le
Docteur & sa femme étoit qu'elle
partageroit son tems entre ses amis du
Village & ses amis de la Ferme, le
partageoit chaque jour plus inégale-
ment que la veille ; elle quittoit la
Ferme de meilleure heure , y revenoit
plus tard ; un charme inconnu l'attiroit au Village ; elle ne tarda pas à
s'appercevoir qu'elle trouvoit du plaisir
dans la conversation du jeune Mims ;
bien-tôt elle découvrit en lui des rapports de goûts & de sentimens. Lorsque M. Crosby le retenoit à l'Hermi-

tage un peu plus long-tems qu'à l'ordinaire, elle éprouvoit un mouvement
d'impatience ; lorfque l'heure de fe
retirer approchoit, elle trouvoit que le
tems paffe bien vite. Il eft vrai que celui
qu'ils paffoient enfemble étoit agréablement employé ; Mims jouoit parfaitement du clavecin, elle étoit au moins
de la même force fur le luth avec
lequel elle accompagnoit ordinairement
des airs orientaux. --- Je ne fais, dit
un jour le jeune Mims, fi des paroles
angloifes produiroient un effet auffi
agréable; j'en doute, mais permettez
que j'en faffe l'effai ; Prenant à l'inftant le luth des mains de Zoraïde ; après
un prélude, *Mefluozo*, qui parut faire
beaucoup de fenfation fur toute l'af-
femblée, il chanta un couplet dont les
deux derniers vers difoient :

Quand la beauté porte les livrées du chagrin,
  l'Amour trempe fes traits dans fes larmes.

Zoraïde ne fe méprit ni au fens,

ni à l'application de ces paroles ; elle
rougit ; & ne pouvant se cacher
son trouble , elle ne chercha pas à
s'en dissimuler la cause —— ; ceci n'est pas
de l'amitié , se dit-elle , c'est un sentiment qui ressemble beaucoup à celui
que Lord Drew a conçu pour moi.

Le trouble du jeune Mims étoit
également visible ; & cette confusion
mutuelle n'échappa pas à la pénétra-
tion de M. & de Mistriss Withers.
Ils se regardèrent & parurent sourire à
la découverte. Elle étoit également neu-
ve pour les acteurs principaux, qui ,
de ce moment même, ne purent igno-
rer l'état réciproque de leurs cœurs.
Cependant , cette premiere impression,
quoique commune aux deux jeunes personnes , ne produisit pas le même effet
sur elles.

. Lorsque Zoraïde se retrouva rendue à elle-même, isolée dans sa ferme, elle s'examina scrupuleusement sur

ce qui venoit de fe paffer. Et du
moment où elle fut convaincue de la
nature du fentiment qui l'animoit,
elle n'eut rien de plus preffé que de
chercher à le juftifier à fes propres
yeux. — Il eft aimé, fe dit-elle, de
tous ceux qui le connoiffent ; il allie
la dignité à l'aifance des manières ;
le bon fens à la modeftie ; le langage
de la nature à l'excellence du cœur.
--- Oui : mais qui fait fi ce cœur
excellent a conçu pour moi d'autres
fentimens que celui de la compaffion ?
Il fait que je fuis infortunée --- cependant fi ce couplet, qui m'a fi fort
déconcertée , fignifie quelque chofe,
je dois l'entendre autrement ; car én-
fin , la pitié n'a point de *traits* ; les
larmes coulent & ne bleffent pas. Lorfque les hommes , dans leurs momens
d'extravagance , veulent nous parler
d'amour, ils ont recours aux métha-
phores, ils parlent de fes traits, des

larmes qu'il fait répandre : c'eſt le langage de ce ſexe, je ne puis m'y mépren-
dre : --- hé bien ! ſi je ne m'abuſe pas,
s'il m'aime, je l'aimerai, je me donnerai à lui, à lui ſeul : & du moment
où je ſerai certaine de ſon amour
pour moi, je déclarerai à Lord Drew.
que je ne ſuis plus libre. --- Mais pourquoi attendrois-je cette certitude pour
remplir l'engagement que j'ai contraſté
avec Lord Drew? Quand même je
m'abuſerois, quand même j'aimerois
ſeule, n'ai-je pas, de cet inſtant même,
perdu ma liberté, & ne dois-je pas
en informer Lord Drew ?

Tandis que Zoraïde ſe livroit ainſi
aux douces impulſions d'une candeur
innée, le jeune Mims s'abandonnoit
à des idées moins flatteuſes. Il eſt
dans les deux ſexes des nuances qui
n'ont peut-être pas été aſſez obſervées
par les écrivains. Tous les romanciers
ſont d'accord ſur l'effet apparent que

H iij

produifent fur les deux fexes, les premières émotions du cœur; mais on
n'a pas défini avec affez de préci-
fion la différence des fenfations inté-
rieures. La jeune fille eft timide, le jeune homme eft timide, les fymptomes
extérieurs caractérifent également ce
même genre de timidité; mais, quant
aux fenfations, elles font conftamment
différentes. La jeune fille à le coup d'œil
fûr; fi elle fe croit aimée, elle ne fe
trompe jamais : le jeune homme a moins
de préfomption; &, quelque fat qu'il
puiffe devenir un jour, lorfqu'il aime
pour la première fois, il commence par
fe perfuader qu'on ne l'aimera jamais.
Si ce principe général admet quelques-
exceptions, elles font rares, & le pauvre
Mims ne feroit pas cité dans le nombre;
car, à peine fut-il rentré à l'Hermitage
qu'il fe reprocha fa témérité. — Elle ne
m'a que trop entendu, fe dit-il, & fon
embarras étoit mêlé de courroux. Je n'ai
pu fupporter fes regards, j'ai détourné

les miens, je ne pourrai plus soutenir
sa préfence. — L'efprit frappé de ces
idées déchirantes, il fe condamna à la
folitude. Plufieurs jours s'écoulèrent fans
que l'on entendît parler de lui chez le
Docteur Withers. Zoraïde les comptoit
avec anxiété. M. Crosby enchanté de
fon jeune hôte ne quittoit pas l'hermitage ; on ne voyoit perfonne à qui il
fût naturel ou décent de demander des
nouvelles du jeune Hermite. Il n'étoit
plus poffible d'y tenir. Zoraïde fe rappella qu'il avoit été fouvent queftion
d'aller prendre le thé à l'Hermitage. Un
jour que Miftriss Withers fe retiroit
dans fon cabinet, difant qu'il avoit à
écrire de lettres qui prendroient toute
fa foirée, elle propofa à Miftriss Quinbrook de faire une partie & d'aller furprendre les deux folitaires. La propofition ayant été acceptée, ces dames fe
rendirent fans fuite vers cette folitude,
dont on a lu la defcription. Après une

colation agréablement fervie, on propofa un tour de promenade; Zoraïde
ne connoiffoit pas les détails de cette
habitation, Miftriss Quinbrook n'avoit
jamais voulu fe hafarder dans les fouterrains : le jeune Mims qui en connoiffoit tous les coins & recoins, fit
ce qu'il put pour piquer la curiofité des
dames; il les conduifit à la grotte pra-
tiquée fous le rocher, leur fit voir la
caverne qui avoit fervi d'afile à M.
Crosby. Il marchoit en tête; Zoraïde
le fuivoit. M. Crosby & Miftriss Quinbrook fuivoient auffi, mais d'un peu
loin. Après avoir fait quelques tours
aux pieds du rocher : — Mademoifelle,
dit Mims à Zoraïde, voulez-vous me
permettre de vous donner la main. Si
vous avez le courage de me fuivre je
vous ferai voir quelque chofe d'extrêmement curieux. Zoraïde ayant tendu
fa main pour toute réponfe, il la fit
defcendre dans le fouterrain, & la

conduifit à cet endroit où le Docteur Withers découvrit le malheureux Crosby, lorſqu'il le prit fous ſa protection. On ſe rapelle, que la mer y baigne le pied du rocher ; mais un banc de verdure, qui regne en cordon à quelques toiſes du niveau de l'eau, invitant Zoraïde à ſe délaſſer, elle s'aſſit en riant de ſon intrépidité. Edmond, chancelant ſur ſes jambes, ſentit à l'inſtant même la néceſſité de s'aſſeoir. Les voilà donc tête à tête regardant, ſans voir, la vaſte étendue de la mer dont les vagues ſe briſoient à leurs pieds. Un ſilence de quelque durée ſuccéda à quelques mots prononcés au hazard ſur la beauté du ſpectacle. Edmond l'interrompit tout à coup, en demandant pardon : il n'avoit pas dit un ſeul mot qui rendît ce pardon néceſſaire ; mais Zoraïde l'accorda ſans réfléchir qu'il n'y avoit pas occaſion de pardonner. Mims n'en fut pas moins tranſporté de joie.

H v

O Madame, s'écria-t-il, vous êtes l'indulgence, la bonté même. Hélas ! je sens combien j'ai besoin de cette indulgence ; quelqu'effort que j'aie fait pour me vaincre , je sens que tout ce que je fais , que tout ce que je dis , concourt à trahir le secret que je n'ose vous dévoiler. — Ah , mon père ! vos craintes étoient prophétiques !

Votre père ! dit Zoraïde , serois-je connue de votre père ?

Ah ! Madame , répondit Edmond ; avant d'exiger une réponse , daignez-en faire une à cette question unique. Vous ne me haïssez pas ? — pourquoi vous haïrois-je ! S'il importe à votre repos de connoître ma façon de penser sur votre compte , je suis au-dessus des petits artifices imputés à mon sexe, & je me reprocherois de vous laisser en suspens sur mes sentimens , lorsque j'en ai déterminé la nature. Vous croyant autant de mérite réel que j'ai remarqué en vous de qualités aimables, je vous avouerai que je vous ai distingué ; que je me suis formé de vous l'opinion la plus favorable. Vous avez été présenté à mes amis comme un jeune homme bien né, honorablement allié : dites-moi, sans réserve, qui est votre père ?

Mon père, répondit Edmond, est un homme dont l'honneur est trop rigide pour mon repos, & aux ordres duquel j'ai désobéi dans tous les points de ma conduite, en visitant Place-Néard, en formant votre connoissance. L'infortuné que vous voyez à vos genoux est fils du Capitaine Mims.

Levez-vous, levez-vous vite ; servez-vous de ma main en cette occasion, elle est à vous. Si l'on mettoit devant mes yeux la liste entière des noms anglois, pour que j'en choisisse un, le fils du Capitaine Mims n'échapperoit pas à mon attention. Il est temps à présent que nous rejoignions nos amis

H vj

Ils reprirent en effet les mêmes fen-
tiers, les mêmes détours fouterrains
qu'ils avoient parcourus; mais ils ne
leur parurent ni fi longs ni fi fombres;
leurs pas étoient plus légers en proportion du poids dont ils venoient de
fe foulager l'un l'autre. Ils trouvèrent
Miftriss Quinbrook & l'Hermite engagés
dans une trifte converfation; il s'agiffoit de la perte que la première avoit
faite il y avoit alors douze ans, de fon
mari & de fon fils, furpris dans la
Manche par une tempête qui avoit fub-
mergé leur vaiffeau le jour même qu'elle
s'attendoit à les embraffer. Au moment
où les jeunes gens les rejoignirent,
elle en étoit à cette partie de la ca-
taftrophe qui concernoit plus particu-
lièrement le père d'Edmond. — « Vingt
» perfonnes, difoit-elle, eurent feules
» le bonheur d'échapper au naufrage
» général; l'une d'elles étoit le Capi-
» taine Mims, alors premier Lieute-

» nant de mon mari. Une amitié rare
» uniſſoit ces braves Marins ; le Ca-
» pitaine Mims vouloit abſolumént
» périr avec M. Quinbrook ; mais
» celui-ci exigea avec autorité, qu'il
» tentât ſa bonne fortune avec ceux
» qui cherchoient de diverſes manières
» à échapper au danger. Il l'embraſſa
» tendrement, lui fit les plus touchans
» adieux, dans le cas où ils ne ſe re-
» verroient plus ; & me le recom-
» manda dans les termes de l'affection
» la plus vive. Mims m'a aſſuré que
» ce qui le détermina à obéir fut un
» regard lancé ſur lui par mon fils ;
» il ne put réſiſter au deſir de le
» ſauver, le prit entre ſes bras, &
» comme il eſt excellent nageur, il
» ſe précipita avec lui à la mer, eſ-
» pérant gagner le rivage avec ce cher
» dépôt ; mais les vagues étoient ſi fu-
» rieuſes, qu'elles lui ôtèrent pour un
» inſtant toute eſpèce de ſentiment ;

» revenu à lui, il vit avec horreur
» qu'elles lui avoient enlevé celui dont
» le salut seul l'occupoit. Mon mal-
» heureux fils périt ainsi avec son père ;
». & je restai telle que vous me voyez,
» isolée dans le monde ! »

Hélas ! dit Zoraïde en soupirant,
l'infortune pour laquelle je me suis
long-temps crue exclusivement née,
est donc la destinée commune de l'humanité. Ah, Madame, que je vous
plains sincérement. --- Pardon, ma
chère Zoraïde, répondit Mistriss Quinbrook, se remettant de son mieux de
l'émotion inséparable d'un pareil récit,
j'empoisonnois sans y songer des instans
dont vous devez faire un meilleur usage;
Vous avez sans doute de plus agréables
descriptions à nous faire : ces souter-
rains, ces grottes.... Ici Mistriss Quinbrook, s'appercevant de l'embarras où
ses questions jettoient les jeunes curieux, les en tira en pressant le bouton

de fa montre. Il eft tard , dit-elle , &
nous avons du chemin à faire. Elie fe
leva à l'inftant , faifit le bras de M.
Crosby ; il étoit naturel qu'Edmond
offrît le fien à Zoraïde. Mais , dans les
règles de la bienféance , les jeunes gens
marchoient les premiers. Lorfqu'ils
furent arrivés à une patte-d'oye où le
chemin fe divife , ils s'arrêtèrent. Miftriss Quinbrock lut dans les yeux d'Edmond l'efpèce de faveur qu'ils atten-
doient d'elle. --- Ce feroit fatiguer
Zoraïde , dit-elle , que de la conduire
à Place-Néard , où elle n'auroit pas le
temps de fe repofer. Il faudroit qu'elle
reprît fur - le - champ le chemin de la
Ferme pour y arriver avant le coucher
du foleil. Je lui confeille donc de couper
court , & de prendre le chemin qui
conduit directement à *Héath*. Quant à
vous , Mims , un demi-mille de plus
ou de moins , eft l'affaire de quelques

minutes ; accompagnez notre amie ;
vous viendrez reprendre au village M.
Crosby, qui vous reconduira à l'Hermitage. --- Pas la moindre repréſen-
tation de la part de Zoraïde, elle étoit
contente, pourquoi eût-elle diſſimulé
ſa ſatisfaction ? Elle prit agréablement
congé de Miſtriss Quinbrook & de
M. Crosby ; & le couple enchanté prit
lentement, très-lentement, le chemin
de la Ferme. Lorſqu'on fut arrivé, que
de choſes à faire ! jamais Zoraïde
n'avoit été ſi occupée ; il falloit montrer à Edmond toutes les curioſités qu'on
avoit apportées de l'Inde, lui expliquer
les ſujets de tous ces deſſins qui rap-
pelloient les détails de ſon infortune ;
énumérer avec la volubilité du ſentiment toutes les obligations qu'elle avoit
à ſon père ; & puis elle avoit oublié
une circonſtance, & puis une autre ;
le temps s'écouloit, & ce ne fut qu'au

moment où le jour baiſſa ſenſiblement,
qu'Edmond ſe rappella qu'il falloit
réjoindre M. Crosby.

Un ſi long tête-à-tête, une converſation ſi animée, allarmèrent ſinguliè-
rement la fidelle Marthe. --- Il eſt bien
genti, ſe dit-elle, mais ce n'eſt pas un
Lord. *La peſte*, comme il y va, &
comme ma maîtreſſe mord à l'hameçon !
Non, non, faut pas ſouffrir ça ; je
s'rois une méchante de ſouffrir qu'un
Seigneur ſi généreux, ſi noble que
Lord Drew, fût dupé à ma face, &
de me tenir les bras croiſés, tandis
que le renard emporteroit la poulette.
Oh ! j'y mettrons ordre, foi de fille de
bien. Un p'tit bout d'lettre, & v'là
tout au berniquet. Auſſi-tôt dit, auſſi-
tôt la main à l'œuvre ; la bonne Marthe
tire adroitement du cabinet de ſa maîtreſſe la bouteille à l'encre, une plume,
du papier ; s'aſſied & écrit le beau
billet qui ſuit.

Marthe, au très-honorable-Lord Drew.

« Ah! plaife votre Seigneurie; vrai-
» ment il fe fait de belle befogne au
» village. Ne v'là-t-il pas qu'un loup,
» vêtu des habits de la brebis, veut
» dévorer votre agneau. Il ne la quitte
» pas; il fait tous fes fecrets; ce qu'elle
» étoit dans fon pays quoiqu'elle n'ait
» jamais voulu vous le dire. Au bout du
» compte, après – tout, l'homme ne
» paroît être qu'un intrus, fi ce n'eft
» qu'il eft *genti.* Venez donc bien vite
» pour enrayer, ou la toifon d'or,
» (c'eft ainfi que le Recteur Swinborne
» nomma un jour ma maîtreffe) fera
» enlevée. Vous n'en recevrez pas da-
» vantage pour le préfent, de la part
» de votre fidelle amie.

MARTHE.

CHAPITRE XXVI.

Brave résolution.

Au moment où cette curieuse épitre fut remise à Lord Drew, il s'habilloit pour se rendre à une assemblée. Tout-à-coup, à la grande consternation de toute sa maison, il reprit un habit de campagne, & marmottant mille imprécations entre ses dents, il ordonna qu'on lui amenât sur-le-champ une chaise à quatre chevaux. Il fut promptement obéi ; & des rélais disposés par ses couriers l'amenèrent rapidement en vue du village.

Alors il affecta de prendre un visage serein, afin que ses gens ne pussent soupçonner la cause de son agitation. Il renvoya sa voiture, & se rendant à pied à la Ferme, le premier objet qui frappa ſes regards, fut Zoraïde ſe promenant dans le jardin avec ſon rival, & babillant avec une volubilité déſeſpérante. Lord Drew cependant ſe recueillit, ſentant la néceſſité de diſſimuler devant Zoraïde, & de l'aborder avec civilité ; mais, dès ce moment même, Edmond fut marqué dans ſon ſon cœur, comme juſte victime de ſon reſſentiment.

A peine entra-t-il dans le jardin, que Zoraïde, qui l'apperçut de loin, courut au-devant de lui avec ſon affabilité ordinaire. Vous me trouvez, lui dit-elle, Mylord, profondément engagée dans ma converſation avec ce jeune Gentilhomme, que j'apprens être né comme moi dans l'Inde. Je lui confiois le triſte ſecret de mes malheurs ; & j'ai trouvé ſon cœur ouvert à la compaſſion,

Le feu étincela dans les yeux de Lord Drew ; mais il les détourna dans l'eſpoir de cacher l'agitation de ſon ame.

Cependant Zoraïde, quoique bien éloignée d'apprécier la nature & l'excès du ſupplice qu'il éprouvoit, étoit trop clairvoyante, pour ne pas ſe douter au moins que le tête-à-tête dans lequel il la ſurprenoit lui déplaiſoit infiniment. Elle ſentit donc qu'il importoit à ſon repos, de ne pas laiſſer échapper une occaſion ſi favorable d'en venir avec lui à des éclairciſſemens définitifs. — Si cela vous eſt agréable, dit-elle, nous irons, Mylord, viſiter nos amis de Place-Neard. Vous, Monſieur, continua-t'elle, adreſſant la parole à Edmond, voulez vous bien avoir la complaiſance de prendre les devans, & de les prévenir que Lord Drew ſera des nôtres? Sa Seigneurie aura la bonté de faire le trajet avec moi.

Edmond ayant répondu par une révérence; ſitôt qu'il ne fut plus à portée d'entendre: — Mylord, dit Zoraïde, le moment eſt arrivé où il faut que nous nous entendions finalement l'un l'autre. — Je vous ſupplie de m'épargner, Ma-

dame. — Cela eſt impoſſible, Mylord,
il faut que vous ayez la patience de m'entendre. Le jeune homme qui vient de
nous quitter, m'a convaincue de ce que
j'ignorois, de ce que ne ſoupçonnois
même pas. Il m'a appris que mon cœur
eſt ſuſceptible d'impreſſions fortes, pro-
duites par des rapports de naiſſance, de
caractères, & d'autres circonſtances
dont vous ſerez informé. Je ſais parfaitement, qu'à tous égards, il eſt votre
inférieur ; mais il a l'eſprit doux, les
manières agréables ; ſon entendement
eſt cultivé dans le genre qui me plaît ;
faut-il vous en dire davantage ? Non,
vous m'entendez ſans doute ; vous
voyez, Mylord, que je vous tiens parole. Je vous avois promis de vous
informer de l'état de mon cœur lorſqu'il éprouveroit le moindre change-
ment : j'ai rempli mon engagement.
Remplirez-vous le devoir que vous impoſe la franchiſe de ma conduite ? Je
ne vous ai jamais donné le moindre

eſpoir. Je vous ai laiſſé la liberté la plus complette de chercher le bonheur dans un choix plus heureux ; mais ja- vois accepté votre amitié; vous avez la mienne ; les tems ſont-ils changés parce que les circonſtances changent? Parlez , ſommes-nous amis à l'ordi- naire? & d'après l'aveu que je viens de vous confier, condeſcendrez - vous à accueillir avec bonté l'objet d'un atta- chement dont je n'ai pas dû , ſelon mes principes, vous faire un myſtére? Si vous avez cette attention pour moi, je vous en ſaurai un gré infini. — Je vous avouerai, Madame, que je n'ai point vu d'exemple, que je ne m'é- tois même pas formé l'idée d'un paſ- ſage ſi ſubit de l'indifférence réfléchie, ſyſtématique, à un penchant ſi décidé, ſi vif. Celui qui a produit en vous une révolution ſi extraordinaire , eſt doué ſans doute d'un talent bien rare, & doit être ſingulierement exercé dans l'art de

perfuader. Quoi ! Si profondément éta-
bli dans votre affection pendant le court
efpace de mon abfence ! je le répète,
Madame, je vous avouerai que vous me
confondez ; j'étois mal préparé à recevoir le coup, & je ne puis prévoir à
l'inftant même, l'effet qu'il produira
fur moi.

— Ses talens, Mylord, fes qualités
ne font pas d'un genre brillant ; mais
quoique je ne me croye pas obligée
de juftifier ma conduite à vos yeux,
je vous obferverai cependant qu'il
exifte entre nous un motif d'attachement qui vous rendra raifon , quand
vous le connoîtrez , de la rapidité des
fentimens que j'ai conçus pour lui. Mais,
vous ne répondez pas ? Ai-je donc
perdu votre amitié , en vous prouvant
ma confiance; ou bien me feriez-vous
férieufement un crime d'avoir ufé du
droit que je tiens de la nature & du
Ciel, de choifir pour moi-même ?

— Vous

— Vous connoiffez, Madame, tout
l'afcendant que vous avez fur moi ; vous
favez que je ne puis rien refufer de ce
que vous voulez-bien demander de moi.

Zoraïde, incapable de feindre, au
point de ne foupçonner perfonne de
diffimulation, prit la réponfe de Lord
Drew au pied de la lettre, crut qu'il fe
rendoit à la raifon, à fes defirs ; & toutes fes craintes s'évanouirent.

M. & Miftriss Withers ne prirent
pas le change. Ils lurent dans les regards de Lord Drew, & démêlèrent
fur fon front les fymptômes allarmans d'un courroux qui menaçoit la
tranquillité de la fociété entière. Ils
euffent defiré le favoir à cent lieues.
Chaque fois que Zoraïde adreffoit la
parole à Edmond, l'on remarquoit qu'il
fe faifoit une violence extrême pour
ne pas éclater. Il le dévoroit des yeux.

Quelque prévenu que fût Lord Drew
contre le jeune Mims, il ne pouvoit

fe diffimuler qu'il ne parlât extrème-
ment bien , & qu'il ne fût grand
muficien; mais, un homme de mon
état, dit-il hautement, a pour de l'argent
des muficiens à fes ordres; & fi l'on
en excepte Néron, je n'ai jamais ouï
dire qu'un homme bien né fe foit
glorifié de bien jouer d'un inftrument.

· Miftriss Quinbrook eut fa part des
dédains de Mylord; il lui jettoit, de
fa hauteur, des regards enflammés;
premièrement parce qu'elle protégeoit
vifiblement le jeune Mims; en fecond
lieu parce qu'il étoit également vifible
qu'elle l'avoit joué, & trompé en lui
confeillant de s'éloigner pour faire place
à fon favori. Ce qui acheva de le
déconcerter & de l'irriter , fut de
remarquer que M. & Miftriss Withers
protégeoient auffi ce jeune homme , &
que, jufqu'à l'Hermite, chacun le trai-
toit avec une tendreffe paternelle.
Son imagination échauffée lui répre-

fentant tout ce qui l'environnoit comme une foule d'ennemis conjurés contre lui ; tout ce qu'il avoit d'aigre dans le caractère & dans le fang fermenta dans fa tête. Il étoit tard, il voulut fe retirer. On lui repréfenta que la nuit étoit fombre ; on le preffa de paffer la nuit à Place-Néard : il s'obftina à partir, & fe rendit effectivement à Plimouth, pour écrire un cartel en forme, ainfi qu'on le verra dans le chapitre fuivant.

CHAPITRE XVIII.

Duel.

LE cartel expédié à l'objet des ressen-
timens de Lord Drew, étoit conçu en
ces termes :

Monsieur.

» Si vous n'êtes pas aussi lâche que
» vous avez été habile à usurper les droits
» d'un homme qui ne vous a jamais of-
» fensé, trouvez-vous au fond de l'ave-
» nue de la ferme. Demain à neuf
» heures du matin, vous m'y rencon-
» trerez; il s'agit de décider en hommes
» d'honneur, qui de vous ou de moi a
» des droits plus sacrés au cœur de la
» belle Indienne.

» Vous aurez tous les avantages pos-
» sibles sur l'homme que vous avez per-
» du par vos sourires insinuants &
» vos grimaces sentimentales ; tandis

» que sa paſſion le rendra furieux,
» vous ſerez de ſang-froid; tandis
» qu'il ſera déchiré par les furies du
» déſeſpoir, quelque choſe de plus que
» l'eſpérance nourrira votre courage.
» Malgré tout cela, gardez-vous d'ima-
» giner que Zoraïde elle-même puiſſe
» vous ſouſtraire au châtiment que vous
» deſtine mon bras; car ſans elle la vie
» ceſſe d'être exiſtence; & pour moi
» l'iſſue la plus fâcheuſe du combat eſt
» de ceſſer de me ſouvenir d'elle, en
» ceſſant d'exiſter. D'après cela, il eſt
» ſans doute inutile que je ſigne le nom
» du furieux, du frénétique Drew.

A la réception de ce billet, le jeune
Mims éprouva une agitation violente;
mais il ne tarda pas à ſe recueillir. Il
n'étoit pas au pouvoir humain de r-fuſer
le cartel. Son cœur ſe révolta à la ſeule
idée de la lâcheté qui lui ſeroit imputée;
mais ſon indignation fut portée au plus
haut degré, lorſqu'il apperçut, en reli-

fant le billet, que fon adverfaire le foup-
çonnoit capable de réclamer l'appui de
Zoraïde. Il ne médita donc pas long-
tems fur la réponfe qu'il avoit à faire :
la voici.

Mylord.

» Si, pour obtenir le cœur de Zo-
» raïde, vous n'avez de moyens que
» celui de tirer votre épée contre un
» jeune homme, qu'elle honore de fon
» amitié, votre fituation eft défefpérée :
» je crois la connoître trop bien pour
» imaginer qu'une pareille mefure puiffe
» vous recommander à fon eftime. Je
» vous avouerai, qu'en ce moment ci,
» peu occupé de moi-même, je fouffre
» infiniment pour elle; je frémis de
» l'iffue d'une conteftation évidemment
» fufcitée par l'efprit de vengeance, &
» qui ne peut que la compromettre.
» Cependant je ne manquerai pas de
» me trouver au rendez-vous. Je vous

» exhorte, en attendant, à réfléchir,
» à confidérer, avant qu'il ne foit trop
» tard, comment vous pourrez foute-
» nir les larmes d'une jeune infortunée,
» qui en a déjà tant verfées, & dont
» la fanté eft d'une délicateffe alarmante
» pour tous fes amis. Au furplus, nous
» nous verrons demain, vous trouverez
» votre cartel ci-inclus. Je vous le ren-
» voie afin qu'il ne dépofe pas contre
» vous, Mylord, fi la victoire fe dé-
» claroit pour vous, fi vous arrachiez
» la vie d'un homme qui vous eût ho-
» noré, fi vous l'euffiez permis.

Lord Drew ne vit, ne voulut voir
dans cette réponfe que l'acceptation du
cartel; il ferma les yeux fur les repréfentations fages qu'elle contenoit, & ne
s'occupant plus que des préparatifs préliminaires, il fit fon teftament, par
lequel il laiffoit un legs confidérable à
Zoraïde. Il fit plus, le lendemain il

voulut la voir avant de fe rendre à l'endroit défigné ; il ne put réfifter au defir
de lui faire un adieu qui pouvoit être le
dernier. Comme il fe rendoit à la ferme,
l'idée de relire la réponfe d'Edmond fe
préfenta à fon efprit. Cette fois-ci il
remarqua ce qu'il y avoit de raifonnable
dans fes repréfentations. Comme fon
cœur étoit naturellement bon , il en
fentit, à plus d'une reprife, les douces
émotions ; il ne fe diffimula pas l'injuf-
tice & la violence de fa conduite. A tout
prendre, dit-il, quel eft leur crime? le
jeune homme eft aimable, la jeune Indienne eft fenfible. L'un a fait des pro-
grès rapides , l'autre a été foible &
promptement conquife : elle ne m'avoit
rien promis, fon amant ne me devoit
rien. Quels droits puis-je avoir de contraindre l'inclination de l'une, de punir
le fuccès de l'autre ? ... Quels droits !
mon amour. Oui, j'avois des droits

antérieurs ; je fuis joué , outragé : vaincre ou mourir eft la feule alternative.

L'efprit frappé de cette dernière idée, il entra chez Zoraïde, il l'a trouva feraine comme le zéphir du matin : elle le reçut avec une joie marquée , lui tendit la main , & le remercia d'une vifite d'autant plus agréable, dit-elle, qu'elle étoit moins attendue.

Cet accueil ébranla une feconde fois l'ame de Lord Drew; il fe vit fur le point de tomber à fes pieds, & de lui confeffer fes égaremens; mais, la confidérant de la tête aux pieds; la fixant avec avidité : Quoi ! fe dit-il tout bas, je la perdrois, pour jamais !.... pour jamais !..... Plutôt mille morts. Ce fentiment fougueux l'arracha avec tant de violence au premier plaifir qu'il avoit eu de la contempler , qu'à peine prit-il congé , il difparut comme l'éclair, & vola au rendez-vous.

Marthe étant entrée quelques minutes auparavant, empêcha que Zoraïde ne s'apperçût du désordre de Lord Drew. Elle tenoit un papier qu'elle paroissoit vouloir donner à sa Maîtresse, & cet incident produisit la distraction à la faveur de laquelle Lord Drew échappa sans être soupçonné.

Zoraïde étoit si éloignée de croire qu'il conservât du ressentiment de l'explication qu'elle avoit eu avec lui, qu'elle se félicitoit de l'effet que sa candeur avoit produit sur lui. Elle se borna donc à dire en riant, à Marthe : Lord Drew s'enfuit comme un voleur ; peut-être n'est-il allé qu'au jardin : car je ne l'ai pas vu traverser la cour. Qu'est-ce que c'est que ce papier que tu me tendois devant lui ? — Je ne sais, répondit Marthe, mais je croirois qu'il est tombé des poches de Mylord, car je l'ai trouvé à la porte, un moment après qu'il est entré ; je n'ai pas voulu en

faire mention devant lui , afin que
vous puiffiez voir ce que c'eft ; les
hommes font fi curieux fur notre compte , que c'eft pure juftice que nous
foyons un peu curieufes fur le leur.

Je ne t'approuve pas, Marthe, répondit Zoraïde , la curiofité eft voifine de
l'indifcrétion. Mais je te loue de n'y
avoir pas fuccombé ; & ce billet dût-
il contenir des fecrets , fera foigneufement confervé , jufqu'à ce que j'aye
l'occafion de le rendre à Mylord. —
En tendant la main pour le prendre ,
elle reconnut l'écriture d'Edmond
Mims ; alors la rigidité du précepte
qu'elle vouloit inculquer à la bonne
Marthe , s'évanouit ; elle ne put refif-
ter au befoin de s'éclaircir. Elle trouva le cartel , & la réponfe , qu'elle
lut en tremblant.

Pendant ce tems là les deux adverfai-
res étoient arrivés au rendez-vous. L'a-
venue de la Ferme étoit non feulement

ombragée par des ormeaux touffus ; mais à fon extrêmité elle fe formoit en chemin creux, dont les finuofités déroboient la vue ; vrai coupe-gorge, qu'il étoit impoffible de reconnoître, à moins qu'on n'y fût defcendu.

Lorfque Zoraïde eut lu l'écrit fatal, elle pâlit ; mais, malgré la délicateffe de fes nerfs ; quoiqu'elle fût fujette aux évanouiffemens les plus allarmans, elle ne chancela même pas fur fes jambes, & recueillant fon courage & fes forces, avec une préfence d'efprit admirable, elle ne fit que deux fauts de fa chambre à la porte. Parcourant l'avenue avec l'agilité d'une nimphe, elle arriva près des combattans au moment où ils étoient en garde l'un & l'autre, & alloient fe porter le premier coup. — Arrêtez.... arrêtez ! s'écria-t-elle, mes amis, que mon corps vous fépare. En prononçant ces dernieres paroles, ils la virent tomber fur fes genoux entre leurs épées encore

encore croiſées. — Arrêtez, vous dis-
je, & écoutez-moi. Je vous déclare
que je ne ſurvivrai pas à celui de vous
qui tombera ſous les coups de l'autre.
Vous m'avez forcée à violer les loix
que m'impoſe mon ſexe; je compterai
à préſent ma vie pour peu de choſe;
je n'y tiens qu'autant que j'aurai le
bonheur de vous ſauver. — Ecoutez-
moi. l'un & l'autre; Mylord, j'ai pour
vous la plus parfaite eſtime; mais j'ai
pour ce jeune homme l'affection la
plus vive. N'en concluez pas, Mylord,
que cette affection tienne à des pen-
chans indignes de moi, ce n'eſt point
un amant que j'avois en lui : c'eſt
le fils du Capitaine Mims dont je veux
préſerver la vie ainſi que la vôtre. Oui,
Mylord, vous avez tiré l'épée contre
le fils de mon bienfaiteur, du mortel
reſpectable auquel je crois ſi ferme-
ment devoir plus que la vie, que je n'hé-
ſiterois pas un inſtant à la ſacrifier pour

Partie II. K

lui conferver fon fils. Jugez d'après
cela de l'effet que doit produire fur
moi l'horrible fpectacle que vous me
préfentez, & à quel prix je m'efti-
merois heureufe d'acheter votre réconciliation.

Fin du fecond volume.